BRANDZEICHEN

Von H.C. Scherf

Thriller

Bibliografische Information der Deutschen Nationalbibliothek:
Die Deutsche Nationalbibliothek verzeichnet diese Publikation in der
Deutschen Nationalbibliografie; detaillierte bibliografische Daten sind im
Internet über http://dnb.dnb.de abrufbar.

BRANDZEICHEN

Band 4 aus der Serie Spelzer/Hollmann

Aktives Mitglied im Selfpublisher-Verband e.V.

Covergestaltung: VercoDesign, Unna
Bilder von: aaron007, anyka, balounm, ivonnewierink, ja_rek,
nuttapong und carodi (alle clipdealer)

Herstellung und Verlag:
BoD – Books on Demand, Norderstedt

ISBN: 978-3752877953

BRANDZEICHEN

Spelzer/Hollmann-Serie – Band 4

von H.C. Scherf

Gemach, gemach.
Der Teufel ist auch nur ein
Mensch.

- Kapitel 1 -

Die Hitze im Raum war ins Unerträgliche gestiegen. Die glühende Kohle in der gusseisernen Schale zog Majas Blick magisch an. Ihr nackter Körper war schweißbedeckt und glänzte unter dem flackernden Licht vieler Kerzen, die der Unbekannte im Raum verteilt hatte. Immer wieder drehte er die lange Klinge des Messers in der Glut, prüfte gleichzeitig, ob das Brenneisen ebenfalls rot glühend wurde. Ihre fehlende Zunge und der breite Lederriemen über den Lippen verhinderten, dass Maja ihre unmenschliche Angst herausschreien konnte. Die unverständlichen Töne blieben zurück in ihrem Mund, in dem sich das Blut staute. Längst hatte es bei ihr für Übelkeit gesorgt, weil sie es hinunterschlucken musste. Absolut unbeeindruckt von ihrer Panik, wartete der Maskenmann neben dem Feuer, genoss die Furcht seines Opfers. Obwohl die Hitze eigentlich alles versengen müsste, glänzte sein drahtiger Leib im Schein des Feuers, jeder Muskel zeichnete sich ab. Unter anderen Umständen hätte man den durchtrainierten Körper dieser Bestie als erotisch bezeichnen können. Um seine Sixpacks würden ihn die meisten Männer beneiden.

Immer wieder irrte ihr Blick durch den Kellerraum, von dem sie nicht einmal sagen konnte, wo er sich befand. Als sie nach dem Schlag auf den Hinterkopf aufwachte, lag sie schon auf diesem langen Tisch, der den unnachahmlichen Geruch des Todes ausströmte. Aus den Tiefen des Gewölbes vernahm sie Klänge, die tief in ihr Bewusstsein eindrangen und keiner ihr bekannten Tonfolge ähnelten. Sie waren lediglich beängstigend, verwirrten die Sinne. Sie kamen aus einer Welt, die Maja einfach nur lähmende Angst einflößte.

Es war gerade einmal wenige Stunden her. Maja sah nur die funkelnden Augen hinter den Schlitzen der schwarzen Ledermaske, als sich eine kräftige Hand um ihren Hals legte und zudrückte. Als sie schon glaubte, die Besinnung zu verlieren, griff der Mann nach ihrer Zunge und zog sie weit aus dem Hals heraus. Der Schnitt war kurz und schmerzhaft. Eine gnädige Ohnmacht befreite sie kurz danach von ihrem Leiden. Jetzt wartete sie mit zitternden Gliedern auf das, was der Kerl mit der Maske ihr als Nächstes antun würde.

Lieber Gott, hilf mir. Bitte lass das nicht zu. Hole mich heraus aus dieser Hölle, aus diesem bösen Traum.

Als hätte er ihre Gedanken lesen oder hören können, stockte der Unbekannte, starrte zu ihr rüber.

»Er hört dich wohl, Menschenkind, aber er wird dir nicht helfen. Das tut er nie. Er lässt dich nur hoffen. Ihr Verdammten sollt von seinen leeren Worten zehren, von dem Glauben, den er euch abverlangt. Ich werde allen beweisen, dass es nur eine Macht in diesem Universum gibt, die Macht des Bösen. Niemand wird dir helfen, denn ich bin zu stark. Meine Kraft ist unübertroffen. Du sollst als Erste in dieser verdorbenen Stadt mein Zeichen tragen, auf dass du der Welt zeigen kannst, wie ich über euch kommen werde. Du bist eine von denen, die mir in die Verdammnis folgen werden. Ganze Heerscharen werden sich dir anschließen.«

Bisher hatte diese Bestie geschwiegen, hatte Maja schweigend gequält. Er redete sich in eine Ekstase hinein, die Augen blitzten sie an. Jetzt, wo sie zum ersten Mal diese zischelnde Stimme hörte, die sich in ein wildes Keifen steigerte, versuchte sie, sich in wilder Panik loszureißen. Unkontrolliert zerrte sie an den Armreifen, die sie mit kurzen Ketten an dem massiven Tisch festhielten. Sie dachte schon, dass ihre Sehnen reißen könnten, als dieses Tier das Brenneisen aus der Glut zog und sich langsam auf sie zubewegte. Majas Körper versteifte sich, ihre Augen drohten, aus den Höhlen zu quellen. In einer für sie unverständlichen, fremden Sprache, murmelte er Sätze vor sich hin, die ihre Angst nur noch verstärkten.

Mama ... wo bist du? Bitte hilf mir doch! Lass mich bitte aufwachen, ich ertrage das nicht länger. Es soll aufhören.

Es schien eine gefühlte Ewigkeit zu dauern, bis sich das Brenneisen schließlich zischend in Majas Bauchdecke fraß. Ihr Schrei erstickter blieb nur ein hilfloser Versuch, die Angst zu kanalisieren. Es blieb bei einem unverständlichen Gestammel. Das Gebrabbel des Mannes war im gleichen Augenblick zu einem wilden Brüllen angeschwollen. Gleichzeitig mit dem bestialischen Geruch ihres verbrannten Fleisches nahm sie die vielen bunten Kreise wahr, die jetzt vor ihren Augen tanzten, sich zu einer Art Regenbogen formierten und wieder, sich verwirbelnd, in einem dunklen Loch verschwanden. Ihr Geist hatte aufgegeben, sich gegen den unvorstellbaren Schmerz zu wehren. Die Besitzerin vor weiteren Qualen schützend, hatte er sich in Bruchteilen von Sekunden in den Wahnsinn verabschiedet. Aus diesem Grund bekam sie schon nicht mehr real mit, wie der Maskierte das Messer aus der Glut zog und sein Werk an ihr vollendete. Das diabolische Lächeln auf dem Gesicht des Maskierten blieb ihr erspart.

- Kapitel 2 -

Oberkommissar Sven Spelzer, Leiter des Essener Mord-
dezernats, drehte sich zum Fenster, presste die Hand vor den
Mund. Das schwarz gelockte Mädchen, das immer noch
ohne Bewusstsein vor ihm im Krankenbett lag, befand sich
in einem bemitleidenswerten Zustand. Vielleicht war sie
früher einmal eine Schönheit, nun hatte ihr jemand ein
ganzes Leben gestohlen.

Karin Hollmann, die Rechtsmedizinerin und gleichzeitig
Svens Freundin, trat näher an das Bett und zog die Decke
zurück. Gerne hätte sie die vielen, schrecklichen Wunden im
Original betrachtet, breite Wundverbände verhinderten dies
jedoch. Selbst das Gesicht war teilweise verbunden. Trotzdem konnte die erfahrene Ärztin annähernd einschätzen, wie
diese junge Frau gelitten haben musste. Der Wahnsinn und
die unerträglichen Schmerzen hatten sämtliche Gesichtszüge
zu einer Grimasse verformt, wie sie es noch nie zuvor sah.
Vor ihr lag der Körper einer Heranwachsenden mit dem
Gesicht einer wesentlich älteren Frau. Auf Karins Sezier-
tisch lagen schließlich schon viele, denen Gewalt angetan
wurde. Das hier übertraf alles Vorstellbare.

Sie durfte die Fotos sehen, die vor der Behandlung im Krankenhaus von dem Mädchen gemacht wurden. Die Bilder zeigten unvorstellbare Grausamkeiten und diese Frau, die an ein Kreuz genagelt wurde, das auf dem Kopf stand. Die Verletzungen leuchteten aus dem hellen Fleisch heraus wie Mahnmale. Sie hatte davon gehört, dass mehrere Polizisten sich erbrechend weggelaufen waren. Sie befanden sich derzeit in psychologischer Behandlung.

»Wer tut so was außer dem Teufel persönlich?«

Sven drehte sich um, hatte ihre leise gesprochenen Worte gehört. Obwohl auch sein Gesicht eine extreme Blässe zeigte, legte er den Arm um Karins Schulter und zog sie zum Fenster. Beide blickten schweigend über die vielen Gebäude des Essener Klinikums, in dem sich auch Karins Arbeitsplatz befand. Sven sprach aus, was Karin eigentlich nicht von ihm hören wollte.

»Das hätte selbst einen Serienkiller wie Pehling erschüttert. Dagegen ist er ein Chorknabe ... obwohl ...«

»Obwohl, was?«

»Ich erinnere mich daran, dass auch er damals das erste Opfer, das wir gefunden haben, am Leben ließ. Ich spreche von dem Mädchen auf der Landstraße. Wie hieß sie noch? Warte mal ... ja, ich hab´s ... Sandra Schober. Es konnte ein Versehen gewesen sein, aber auch sie kam in die Klapse.«

Karin zwang sich, nicht auf diese Bemerkung einzugehen, obwohl sie sich der grausamen Wahrheit dieser Worte nicht entziehen konnte. Sie legte den Kopf an Svens Schulter, ließ das Gesicht des Mörders Pehling, der sich jetzt irgendwo in der Welt aufhielt, vor ihrem geistigen Auge auftauchen. Sie wusste, dass Sven recht hatte. Pehlings Morde waren größtenteils grausam und in der Mehrzahl hatte er Unschuldige getötet. Doch ein solches Gemetzel, das auch nach den Umständen zu urteilen, religiös motiviert war, wäre selbst bei ihm nicht vorstellbar gewesen.

»Hallo, liebe Kollegin Hollmann. Dieses Mädel hat es nicht bis auf Ihren Tisch geschafft. Das meine ich ohne jeden Zynismus, denn ich glaube, dass es für sie besser gewesen wäre. Sie hätte einen gnädigen Tod verdient.«

»Guten Tag, Doktor Sparring. Die Behandlung dieser Verletzungen hätten Sie sich sicherlich auch lieber erspart, oder etwa nicht? Das sah ja schlimm aus. Wir haben die Wunden auf den Fotos gesehen. Sind bei den Verletzungen im Bauchbereich auch innere Organe betroffen? Von der fehlenden Zunge und den Wunden in Händen und Füßen weiß ich ja bereits. Die vermutlich mit einem Messer herbeigefügten Schnitte in der Bauchdecke waren ja nun relativ tief.«

»Nein, Gott sei Dank nicht. Ich bin froh, dass sich die Wunden schnell geschlossen haben, was wohl der großen Hitze der Werkzeuge geschuldet ist. Entzündungen können wir höchstwahrscheinlich ausschließen. Die Zunge wird allerdings schlecht verheilen. Wie die neurologische Erstuntersuchung ergab, hätte sie wohl nie mehr ein vernünftiges Wort sprechen können, ob mit oder ohne Zunge. Beim Essen dagegen gibt es größere Probleme.«

Karin ergriff spontan die Hand des Mädchens, bemerkte sofort dieses ständige Zucken. Doktor Sparring beobachtete seine Kollegin.

»Der Kollege aus der Neurologie hat sehr wenig Hoffnung, dass dieses Gehirn irgendwann wieder normal funktionieren wird. Da müsste ein kleines Wunder geschehen. Er meint, ganz simpel gesagt, dass es sich zum Schutz der Person einfach abgeschaltet hat. Das war bei unseren Vorfahren ein Überlebensvorteil. Heute ist das ein klarer Nachteil, weil wir ständig Entscheidungen treffen müssen und dabei komplexere Vorgänge im Auge behalten, also berücksichtigen sollten. Wir sind in der heutigen Zeit unbedingt auf die korrekte Funktion unseres Großhirns angewiesen. Dieses arme Wesen wird in Zukunft ständig von Flashbacks, also der Erinnerung an diese Folter, heimgesucht werden und in einer Art darauf reagieren, die für die Mitmenschen nicht nachvollziehbar ist. Sie wird für den Rest ihres Lebens ein Pflegefall bleiben und professionell betreut werden müssen. Näheres kann Ihnen der Kollege dazu erzählen. Ich muss jetzt zur Visite. Ihnen noch einen schönen Tag.«

Sven stand zwar mit dem Rücken zum Bett, war der Unterhaltung jedoch aufmerksam gefolgt. Karin konnte erkennen, dass er beide Hände zu Fäusten ballte und schneller atmete.

»Sven, beruhige dich. Wir müssen uns jetzt darauf konzentrieren, dieses Tier einzufangen, ihn zur Strecke zu bringen. Es darf kein weiteres Opfer mehr geben.«

»Hast du die Fotos eingesteckt? Ich möchte gleich mit Doktor Haller telefonieren. Der Mann liefert immer eine gute Erklärung für die Beweggründe bei diesen Psychopathen. Ich brauche dringend ein ungefähres Bild von solchen Satanisten. Lass uns gehen. Mich macht diese Hilflosigkeit depressiv, aber auch gleichzeitig aggressiv.«

»Spelzer, kommen Sie bitte einen Augenblick in mein Büro. Ich brauche einige Infos zum Fall.«

Kriminalrat Fugger fing Sven ab, bevor der sein Büro betreten konnte. Da er die Tür schon halb geöffnet hatte, staunte Krassnitz nicht schlecht, als ihr Chef sie wieder zuzog und verschwand. Sie zuckte nur mit den Schultern und ließ ihren Lippenstift wieder zurück in den unergründlichen Tiefen ihrer Handtasche verschwinden.

»In einer Viertelstunde muss ich zum Alten. Wie muss ich mir das Ganze mit diesem Mädchen vorstellen, das man heute im Nienhausenpark gefunden hat? Die lebt doch hoffentlich noch, oder?«

»Mehr oder weniger, Chef. Von Leben kann da keine Rede mehr sein. Sie atmet noch ... sagen wir mal so. Wie die Ärzte meinen, ist sie in einer schrecklichen Zwischenwelt, in der sie die Erlebnisse immer mal wieder neu durchleben muss, nimmt aber am normalen Leben nicht mehr teil. Ganz grob umrissen.

Aber jetzt zum Fall selbst. Sie wurde völlig nackt an ein Holzkreuz genagelt, das der Täter auf den Kopf stehend ausgerechnet in der Nähe des Freibades in die Erde rammte. Wir hatten Glück, dass der Bademeister zuerst am Tatort war und damit verhindern konnte, dass die Gäste, vor allem die Kinder, das gruselige Bild sahen. Er veranlasste sofort, dass keiner mehr in den Park eingelassen wurde. Er rief Polizei und Rettungskräfte.«

»Ja, Spelzer, das ist mir mittlerweile auch bekannt. Aber ein Wahnsinniger soll ihr Symbole in die Haut gebrannt haben. Wissen Sie dazu schon mehr?«

»Nur recht grob, Chef. Es handelt sich dabei um ein Symbol, das man als *gehörnte Hand* oder auch *mano cornuto* bezeichnet. Ich habe von Doktor Haller vorhin die

Adresse von einem Geistlichen bekommen, der sich recht gut im Okkulten auskennt. Nach fünfzehn Uhr kann ich Ihnen vielleicht mehr dazu sagen. Habe mich mit ihm verabredet.«

»Gehörnte Hand, ein komischer Begriff. Obwohl ich glaube, dass der mir schon mal irgendwo untergekommen ist. Ich komme nicht drauf, wo. Gut, Sie erledigen das mit dem Pfaffen, ich geh jetzt zum Alten und vertröste den auf später. Die Presse rennt mir auch schon die Tür ein. Die faseln von der Erscheinung Satans auf Erden. Bescheuertes Volk, diese Journalisten. Die wittern wieder eine fette Schlagzeile und spielen mit der Angst der Leser vor dem Teufel.«

- Kapitel 3 -

»Sie sind bestimmt Oberkommissar Spelzer. Habe ich recht? Kommen Sie bitte rein in meine bescheidene Hütte. Ein Glas Rotwein?«

Pater Heumann machte mit der Hand eine einladende Geste zum Küchentisch, auf dem bereits zwei Gläser und eine geöffnete Rotweinflasche warteten. Sven versuchte, sich im Vorbeigehen ein Bild von dem Mann zu schaffen, der komplett in schwarz gekleidet war, ansonsten nur wenig von dem Bild eines Paters lieferte, das man sich hinlänglich von dieser Berufsgruppe schuf. Obwohl er höchstens Mitte vierzig war, ließ ihn sein kahl geschorener Schädel weitaus älter erscheinen. Auffällig an ihm waren für Sven drei Dinge. Zum einen das große Kruzifix, das er an einer langen Kette um den Hals trug, die vielen Freundschaftsbänder an seinem Handgelenk und dieser starke Geruch von Weihrauch – als hätte er darin gebadet.

»Herr Spelzer, der Wein ist die kleine Sünde, die ich mir am Abend erlaube. Der Herr gestattet selbst uns, seinen direkten Dienern, ein kleines Schlückchen nach getaner Arbeit zu uns zu nehmen. Möchten Sie auch ein Gläschen?

Seien Sie sicher, dass sich in dieser Flasche nicht das Blut Jesu befindet.«

Heumann kicherte über den kleinen Witz, wurde aber sofort wieder ernst.

»Nein danke, Pater Heumann, ich bin noch im Dienst. Meine Arbeit ist noch nicht getan. Aber ich nehme gerne ein Glas Wasser, wenn ich darf.«

»Hui, Wasser. Na ja, jedem, was ihm gefällt. Ich benutze das in der Regel mehr zum Waschen und Kochen. Mein Arzt schimpft zwar immer und erinnert an die Nierenfunktion, aber die müssen ja immer was zum Meckern haben. Lassen Sie uns trotzdem anstoßen. Ich habe nicht so oft Besuch hier. Seitdem die Leute von meiner Krankheit wissen, meidet man mich, als hätte ich AIDS. Was soll's? Was kann ich für Sie tun? Sie deuteten etwas an, als würde es sich um Teufelsanbetung oder dergleichen handeln.«

Sven war es unangenehm, stellte die Frage dennoch.

»Bitte seien Sie mir nicht böse. Aber über welche Krankheit sprechen wir bei Ihnen?«

»Ach, nichts weiter. Nur eine besonders aggressive Art der Leukämie. Ist nicht ansteckend und die Unterhaltung schaffen wir zeitlich noch, bevor ich ... War nur ein Scherz, Spelzer. Legen Sie endlich los, ich bin von Natur aus ein Zyniker, aber auch sehr neugierig.«

Sven war dieser große, drahtige Glatzkopf sofort sympathisch. Haller verriet ihm bereits, dass sich Pater Heumann um Jugendliche kümmerte, die einen Hang zum Okkultismus entwickelt hatten. Da er wusste, wie gefährlich das für die Betroffenen werden konnte, versuchte er, sie schon in der Frühphase davon abzubringen.

»Wir haben ein Mädchen, besser, eine junge Frau, im Nienhausenpark gefunden. Das ist aber nicht der Grund, warum ich hier bei Ihnen sitze.«

»Das ist mir klar, Herr Spelzer. Was war an ihr so besonders?«

»Jemand hat sie lebend an ein Kreuz genagelt.«

Pater Heumann hob die Hand, unterbrach Sven schon an dieser Stelle.

»Das Kreuz hing verkehrt herum, richtig?«

»Genau. Aber damit nicht genug. Wir erkennen bei ihr zwei Zeichen in die Bauchdecke. Zu diesen Symbolen wollte ich Ihre Meinung einholen. Sicherlich könnte ich mir das im Internet erklären lassen, doch das gibt mir nicht ausreichend Hintergrund.«

Der Pater sah Sven völlig unbeeindruckt und schweigend an. Er wartete geduldig auf eine Beschreibung, rieb währenddessen unablässig über die Figur des Christus, die auf dem großen Kreuz an der Kette abgebildet war.

»Es handelt sich um eine gehörnte Hand. Ich habe mich kundig gemacht. Das nennt man auch ...«

»... man nennt es mano cornuto. Und lassen Sie mich raten. Das andere Zeichen bestand aus drei Zahlen, es waren Sechsen, richtig?«

»Woher wussten Sie das, Pater?«

»Beides sind Zeichen, die die Anwesenheit des Satans bekunden sollen. Mano cornuto stammt angeblich aus Italien und diente dem Schutz vor dem Bösen. Es gibt verwirrte Geister, die glauben, darin den Teufelskopf erkennen zu können. Ich habe das schon häufig auf Heavy-Metal-Konzerten gesehen. In Deutschland nennt man das oft Pommesgabel und soll die Zusammengehörigkeit in der Gruppe zur Schau stellen. Es existiert auch die Theorie, dass es ein Freimaurerzeichen wäre. Tatsächlich ist es aber eine altgriechische Hörnerfigur, bekannt durch den Minotaurus und signalisiert die Untreue. Die Hörner des Minotaurus wurden gerne als Symbol der Untreue übernommen. Sie kennen doch diesen Spruch, dass dem Ehepartner Hörner aufgesetzt wurden, oder?

Doch nun zu den drei Sechsen. Diese Ziffernfolge tauchte zum ersten Mal in der Bibel-Apokalypse auf, und zwar in der Offenbarung des Johannes. Es gab schon viele Versuche, diese Zahlenfolge zu erklären. Das geht über den Namen Nero, auch über dem Buch der Könige. Dort heißt es: *Und das Gewicht des Goldes, welches dem Salomon in einem Jahr einkam, war sechshundertsechsundsechzig Talente Gold.* Stellen Sie sich vor, dass die Roulette-Zahlen Null bis Sechsunddreißig addiert Sechshundertsechsundsechzig ergeben. Ich bevorzuge die theologische Bedeutung aus verständlichen Gründen. Sechs ist die Zahl der Menschen, denn sie wurden am sechsten Tag der Genesis von Gott erschaffen. Die 666 ist die dreifach potenzierte Zahl des Menschen, der Gott nicht erreichen kann, sondern sich auf dessen Stelle setzen möchte. Machen wir es kurz. Es ist die Zahl des Antichristen.«

Sven saß mit halbgeöffnetem Mund vor dem Geistlichen und versuchte, das Gehörte zu verarbeiten. Nur die letzte Bemerkung schlug bei ihm ein, machte ihn nervös.

»Pater Heumann, ich muss zugeben, dass ich nicht alles verstanden habe, aber möchte mal das Ergebnis festhalten. Hier tritt jemand als Jünger des Satans auf, erklärt sich zu seinem Erfüllungsgehilfen? Ist das so halbwegs korrekt dargestellt?«

Der Pater setzte glucksend das Rotweinglas ab und sah Sven mit seinen stechenden, blauen Augen an, die jedoch auch einen gewissen Schalk zeigten.

»Ich bewundere immer wieder Menschen, die die Fähigkeit besitzen, große Worte in kurze Sätze zu fassen. Ich hole immer viel zu weit aus. Ja, das könnte man so in eine Kurzform bringen. Ich muss Sie das einfach fragen. Hat das Mädchen diese Tortur überlebt?«

»Ja, das hat sie. Allerdings schwer verletzt und geistig gestört.«

Wieder nahm Pater Heumann einen kräftigen Schluck und versank in eine tiefe Traurigkeit.

»Ich habe es befürchtet, Herr Spelzer ... ich habe es tatsächlich befürchtet. Sie gehört jetzt dem Satan, wird ihm immer wieder in ihrer Welt begegnen. Genau das war die Absicht des Täters. Und das Schlimme an der Sache ist, dass er nicht aufhören wird. Er hat sich vermutlich zur Aufgabe gemacht, ein Heer von Satanisten aufzustellen, dass die Herrschaft Gottes auf Erden beenden soll. Sie müssen ihn unbedingt finden und unschädlich machen. Satan wird sein Ziel zwar niemals erreichen, da die Macht Gottes dem entgegensteht. Doch es wird unschuldige Leben kosten, wenn wir es nicht schaffen, diesen Wahnsinnigen zu stoppen.«

Jetzt war es Sven, der den Pater nachdenklich ansah.

»Sie haben noch eine Frage, Herr Spelzer? Ich sehe es Ihnen an.«

»Zumindest keine, die Sie mir mit wenigen Sätzen beantworten könnten. Ich erinnere mich nur gerade an eine Religionsstunde in der Schule. Dort kam die Frage eines Klassenkameraden an den unterrichtenden Pfarrer, warum Gott diesen Satan zulässt, obwohl er doch die Macht haben sollte, ihn in die ewige Hölle zu verbannen. Ich muss zugeben, dass ich das bis heute nicht verstanden habe. Der Lehrer war, aus welchen Gründen auch immer, nicht in der Lage, uns Kindern das plausibel zu vermitteln.«

Pater Heumann verlor für einen Augenblick die Selbstsicherheit, schenkte sich in aller Ruhe Rotwein nach und sah erst dann wieder auf den Oberkommissar.

»Wenn wir diese wirklich wichtige Frage erörtern wollen, sollten wir uns zu einem späteren Zeitpunkt ein weiteres Mal verabreden. Das ist äußerst komplex in der Erklärung und braucht seine Zeit. Ich hoffe jedoch, dass ich Ihnen helfen konnte. Wenn Sie mich brauchen, stehe ich immer gerne zur Verfügung.«

»Eine Frage hätte ich noch. Sie beschäftigen sich doch schon längere Zeit mit den Versuchen Satans, unter uns Menschen Fuß zu fassen. Dass er damit schon großen Erfolg hatte, kann ich Ihnen aus meiner Berufspraxis heraus nur bestätigen. Doch wäre für mich interessant, ob Sie in dem Umfeld, das Sie betreuen, einen Menschen kennen, der sich besonders stark mit dem Okkulten beschäftigt. Ich meine jetzt nicht diese dubiosen Seancen, bei denen Jugendliche sich an den Händen halten und Verstorbene auf Friedhöfen beschwören. Gibt es bei Ihnen bekannten Menschen vielleicht jemanden, der sich besonders auffällig dem Satan zugewendet zeigt? Wir müssen irgendwo mit der Suche beginnen. Sie sagten ja selbst, dass er nicht aufhören wird. Es ist also Eile geboten.«

Pater Heumann setzte sich wieder, nachdem er sich bereits erhoben hatte. Seine Stirn lag in Falten, wieder rieb er über die Christusfigur. Sven wartete geduldig, wollte ihn nicht drängen.

»Geben Sie mir einen Tag Zeit, Herr Spelzer. Ich möchte durch die vorschnelle Herausgabe eines Namens keinen Unschuldigen in Verdacht geraten lassen. Ich werde mir dazu Gedanken machen und Sie dann benachrichtigen, falls ich zu einem Ergebnis gekommen bin. Lassen Sie mir Ihre Karte hier. Nun muss ich Sie aber leider bitten ... Da warten noch zwei einsame Seelen auf meinen Besuch und das Wort Gottes.«

- Kapitel 4 -

Das Majestico-Hotel in Milano Marittima konnte von sich behaupten, schon seit Jahrzehnten besonders bei deutschen Gästen sehr beliebt zu sein. Lucia, die Betreiberin des Bagnos hinter dem Hotel, beglückwünschte sich selbst dazu, diesen kräftigen, dazu noch sehr gut aussehenden Mann durch Zufall in einem Café an der Viale Anello del Pino entdeckt zu haben. Sein geheimnisvolles Lächeln fiel ihr sofort auf. Schließlich fand sie sogar den Mut, den allein an einem Tisch sitzenden Fremden anzusprechen. Es war absolut nicht die Art dieser resoluten, geschäftstüchtigen Frau, Männer auf der Straße anzumachen. Doch Renato, der Café-Betreiber hatte ihr gesteckt, dass dieser Kerl ihn nach einem Job gefragt hatte. Und genau den hatte sie zu vergeben.

»Buon Giorno, der Herr. Darf ich mich einen Moment zu Ihnen setzen? Keine Sorge, ich suche keinen Kontakt, wie Sie vielleicht vermuten könnten, aber Renato hat mir gerade verraten, dass Sie nach einem Job gefragt haben. Mein Name ist übrigens Lucia.«

Sie streckte dem Gast ihre Hand entgegen. Elmar Küper, wie er laut gefälschter Papiere jetzt hieß, erhob sich galant und zeigte auf den freien Stuhl neben sich. Die langhaarige Frau mit den freundlich blitzenden, schwarzbraunen Augen war ihm schon aufgefallen, als sie die Bar betrat. Eine wahre Schönheit, wie er sich eingestehen musste. Sie stach sogar unter den Frauen dieses von attraktiven Menschen verwöhnten Landes hervor.

»Da haben Sie richtig gehört, Signora. Ich bin erst seit wenigen Tagen hier in der Stadt und suche eine Beschäftigung. Mein Name ist übrigens Elmar, Elmar Küper. Wüssten Sie denn jemanden, der eine Hilfe sucht? Ich muss allerdings einschränkend vorausschicken, dass ich nur wenige Worte italienisch beherrsche. Mit einem Kellnerjob wäre ich restlos überfordert, da ich nicht einmal die Getränkekarte verstehe.«

Lucia gefiel die offene Art des Mannes, der auch noch Manieren zu besitzen schien. Sie bedankte sich bei Renato, der ihr ein großes Glas Birra anreichte. Nach einem kräftigen Schluck wendete sie sich wieder Elmar zu.

»Keine Sorge, Elmar. Ich darf Sie doch so nennen, oder? Ich suche derzeit selbst eine Hilfe, die mich an meinem Bagno am Ende der Traversa XI Pineta unterstützen kann. Wissen Sie, eigentlich käme es mir sogar sehr entgegen, dass Sie Deutscher sind. Ich habe sehr viele Besucher aus Ihrem Land, die sich darüber freuen würden, sich in der Heimatsprache verständlich machen zu können. Ich suche jemanden, der die Liegestühle und die Sonnenschirme beaufsichtigt und auch sonst für Ordnung sorgt. Wenn Sie den Gästen auch noch bei Bedarf Getränke und kleine Snacks an die Stühle bringen könnten, wäre das sicher verkaufsfördernd. Über die Bezahlung werden wir uns bestimmt schnell einig.

Haben Sie denn schon eine Bleibe hier im Ort, oder kann ich Ihnen bei der Suche behilflich sein? Nicht, dass Sie mich falsch verstehen. Ich könnte Ihnen eine kleine Wohnung im Nachbarhaus anbieten. Das gehörte meinen Eltern, jetzt wohnt darin eine liebe Freundin. Die würde sich wahrscheinlich darüber freuen, wenn ein Mann im Haus wäre, der eventuelle Einbrecher abhält. Wenn Sie auch noch handwerklich begabt wären, dann ist das ja wie ein Sechser im Lotto. Was sagen Sie dazu?«

»Was ich sage, Signora Lucia? Ich bin überwältigt. Damit hatte ich so schnell nicht gerechnet. Den Job und natürlich das Angebot mit der Wohnung würde ich sehr gerne annehmen. Es gibt da allerdings ein Problem.«

Lucias Freude schwand so schnell, wie sie gekommen war. Warum sollte dieser glückliche Zufall nicht auch wieder einen Haken haben. Die Enttäuschung stand ihr ins Gesicht geschrieben. Lucia versteifte sich.

»Ich höre.«

»Ich bin ohne jegliches Mobiliar, nur mit wenigen Textilien bewaffnet, aus Deutschland direkt hierher gefahren. Ein Freund, bei dem ich in einer WG lebte, hatte seine große Liebe in einer Schauspielerin gefunden und mich netterweise von heute auf morgen vor die Tür gesetzt. Mich hat dort in der Heimat nichts mehr gehalten. Ich wollte nur noch weg, ein neues Leben beginnen. Und hier bin ich nun gelandet.«

Mit angehaltenem Atem war Lucia dem Geständnis ihres neuen Mitarbeiters gefolgt – hatte schon das Schlimmste erwartet. Jetzt atmete sie befreit auf.

»Herrgott, haben Sie mir einen Schrecken eingejagt. Wenn es mehr nicht ist. Machen Sie sich deshalb keine

Sorgen. Die Wohnung ist voll ausgestattet. Sie finden alles, vom Bettzeug bis zur Kuchengabel. Eventuelle Möbel hätten wir sowieso nicht zustellen können. Was machen Sie heute Abend noch? Haben Sie Zeit? Dann können wir uns Ihr neues Zuhause sofort anschauen. Und Fiorella wird sich sicherlich freuen. Ihren kleinen Sohn werden Sie bestimmt sofort in Ihr Herz schließen. Das ist ein richtiger Schatz, der Süße. Nur bitte, fragen Sie vorerst nicht nach dem Papa. Die beiden müssen erst darüber hinwegkommen, dass Toni vor einem Monat ertrunken ist. Man hat ihn morgens tot im Kanal, in der Nähe des Harleycafés gefunden. Die Polizei ermittelt immer noch. Doch kommen Sie jetzt, es sind nur ein paar Schritte bis zur Via Verdi. Aber vorher würde ich gerne mit Ihnen zum Bagno gehen, zu Ihrem neuen Arbeitsplatz. Einverstanden?«

»Bitte sagen Sie einfach Elmar und DU. Das SIE hört sich für mich so fremd an.«

»Aber nur, wenn Sie ... ich meine du ... Lucia zu mir sagst. Renato, per favore paga!«

»Darf ich dir deinen neuen Nachbarn, besser gesagt, Hausbewohner im Parterre vorstellen, Fiorella? Das ist Elmar. Dieser gut aussehende Kerl wird ab sofort bei mir am Bagno für Ordnung sorgen. Wo treibt sich übrigens der kleine Racker rum? Nico wird sich bestimmt freuen. Kannst du Elmar die Räume zeigen und ihn in die Geheimnisse des Zusammenlebens mit zwei Frauen und einem kleinen Jungen einweihen? Ich muss drüben noch die Abrechnung für die Woche machen. Zur Feier des Tages werde ich heute zur Pasta mit Spinat-Feta-Soße einladen. Das geht schnell. Das muss doch gebührend gefeiert werden. Sagen wir so um neun? Während ich arbeite, wird Nico wohl auftauchen. Bis gleich. Dann wirst du aber ein Glas Rotwein mittrinken müssen, Elmar.«

»Der wird mich bestimmt nicht umbringen. Allerdings garantiere ich nach dem zweiten Glas für nichts. Bin Wein nicht gewohnt.«

Erschrocken fuhr Elmar herum und spannte den Körper spontan an. Seine Hände formte er zu Fäusten. Erst mit Verzögerung sah er, wer ihn an der Hose gezupft hatte. Sofort zeigte sein Gesicht wieder das gewohnte Lächeln. Zwei dunkle Kinderaugen sahen zu dem großen Mann hoch. Die Frage stand unausgesprochen in dem schmalen Gesicht.

»Hallo, mein kleiner Freund, du bist bestimmt hier der Herr im Haus. Ich heiße Elmar. Man erzählte mir schon von dem starken Nico, der seine Mama beschützt. Vor mir musst du dich nicht fürchten, denn ich tue deiner Mama nichts. Ich werde hier wohnen und arbeiten. Wir haben extra auf dich gewartet, damit du mir das Haus zeigst ... so ganz unter Männern.«

»Bist du jetzt mein neuer Papa?«

Fiorellas Gesichtsfarbe wechselte augenblicklich ins Dunkelrot. Sie ging in die Knie und fasste ihren Sohn fest an den Schultern.

»Aber nein, lieber Nico. Du hast doch gehört, dass der Mann hier nur arbeiten wird, das heißt, bei Tante Lucia. Damit er irgendwo schlafen und leben kann, hat sie ihm, genau wie uns oben, die Wohnung hier unten vermietet. Du wirst ihn zwar jetzt häufiger sehen, doch es ist nicht dein neuer Papa.«

Elmar war nicht entgangen, dass sich die beiden Frauen fragend ansahen, als sie seine harsche Reaktion mit einem unverkennbaren Erschrecken registrierten. Ihre Gesichter entspannten sich jedoch wieder, als Elmar mit dem kleinen Nico an der Hand in den hinteren Räumen verschwand. Ihr intensives Geplapper war noch lange zu hören, bis Lucias Ruf zum Essen über den Hof schallte.

- Kapitel 5 -

Pater Heumann suchte sämtliche Klingelschilder ab, stoppte bei dem untersten, überklebten Zettelchen in der rechten Reihe. Ganz geheuer war ihm nicht, als sein Finger über dem schmutzigen Knopf schwebte, unschlüssig, wirklich zu drücken. Eigentlich hatte er nicht damit gerechnet, dass dieses riesige Haus überhaupt noch bewohnt wurde. Schon seit Monaten ging durch die Presse, dass der Block zum Abriss freigegeben war. Ein Landschaftspark der neuen Generation wurde bereits geplant, der mehrere Altersgruppen unter einem Dach vereinen sollte. Allerdings kursierten die Gerüchte, dass sich in der Zwischenzeit Nichtsesshafte und Flüchtlingsfamilien in den nun verlassenen Wohnungen breitgemacht hatten. Vor etwa einem Jahr wohnten hier noch einige seiner Schäfchen, mit denen er ein Programm zur Bekämpfung von Okkultismus durchgezogen hatte. Sie hatten sich danach in alle Winde zerstreut, neue Freunde gefunden oder Familien gegründet. Ohne wirklich daran zu glauben, hier noch jemanden aus der Gruppe anzutreffen, drückte er beherzt den Klingelknopf. Wie erwartet blieb alles ruhig im Haus. Niemand drückte ihm die Tür auf.

Der Pater schlug den Kragen seines schwarzen, fast knöchellangen Mantels hoch. Das Nieselwetter machte ihm sehr zu schaffen. Seine eh schon krankheitsbedingte Konstitution und die jüngste Chemo sorgten dafür, dass ihm jeder längere Fußmarsch kräftig zusetzte. Als er gerade mit einem Seufzer umdrehen wollte, öffnete sich die Tür einen Spalt. Der Pater sprang einen Schritt zurück.

»Verdammt, mach das bloß nicht wieder. Ich hatte gar nicht mehr damit gerechnet, dass du noch hier wohnst. Ich bin ja fast vor lauter Schreck gestorben. Puh, einen Moment noch ... ich muss den Puls wieder runterkriegen.«

Der großgewachsene, schlanke Mann mit den stechenden Augen zog die Tür nun ganz auf und wartete schweigend ab, bis sich Pater Heumann wieder beruhigt hatte. Ein leises Klopfen, das aus den Tiefen des Flurs drang, zeugte davon, dass dieser heruntergekommene Block tatsächlich noch bewohnt wurde. Der Pater glaubte sogar, Stimmen gehört zu haben. Da die Dämmerung bereits aufgezogen war und der Nieselregen den Himmel zusätzlich verdunkelt hatte, erschien das unbeleuchtete Treppenhaus in einem undurchdringlichen Dunkel zu verschwimmen.

»Wohnst du tatsächlich noch in dieser Ruine? Das ist doch menschenunwürdig. Außerdem wurden hier doch schon vor langer Zeit Strom und Wasser abgestellt. Darf ich reinkommen?«

Der Mann trat ohne jedes weitere Wort zur Seite und wies zur Kellertreppe.

»Da unten hast du dich jetzt eingerichtet? Gut, dass ich vorbeigekommen bin. Das werden wir schleunigst ändern. Warum bist du nicht zu mir gekommen? Ich hatte es dir doch angeboten. Die Beziehungen zum Sozialdienst der Stadt habe ich immer noch. Lass uns aber heute erst einmal miteinander reden. Geht´s da runter? Dann geh mal vor, ich bleib dir auf den Fersen.«

Pater Heumann kannte die penetranten Gerüche von Behausungen, die er so oft antraf, wenn er seine Zöglinge besuchte. Das war auch der Grund, warum er sich nicht über den eigenartigen Gestank wunderte, der ihm schon an der Eingangstür zum Kellergewölbe entgegenschlug. Er rümpfte zwar die Nase, sagte jedoch nichts. Was ihn viel mehr irritierte, waren die im gesamten Raum verteilten Kerzenständer, in denen jetzt nur wenige Lichter ein mäßiges Licht spendeten. Man konnte schemenhaft die Einrichtung erkennen, was sich änderte, als sich die Augen des Geistlichen langsam an die Dunkelheit gewöhnten.

Schon vor Jahren hatte Pater Heumann in der Gruppe, zu der auch dieser damals junge Bursche gehörte, klare Zeichen für Satanismus entdeckt. Allerdings erschien ihm das Aufhängen der verschiedensten Symbole mehr als Protest gegen die Erwachsenenwelt und bezeugte die Ablehnung der Botschaften der Kirchen. Wenn er damals noch relativ harmlose Symbole wie das Nerokreuz, das Hakenkreuz und das Saturnzeichen, was man auch den Teufelshaken nannte, bei den jungen Menschen vorfand, waren es jetzt eindeutige Symbole des Satans. Sein Blick blieb lange an dem umgedrehten Pentagramm hängen, das übergroß an die Wand gemalt worden war. Es schien dem Pater, als wäre es mit Blut gezeichnet worden. Schnell verwarf er den Gedanken an Menschenblut, da er wusste, dass man dazu gerne das Blut von geopferten Hühnern nutzte.

Dennoch beunruhigte ihn besonders dieses Zeichen, da in der Szene der umgekehrte, fünfzackige Stern als bekanntes Bekenntnis für die Verehrung des Satans stand. Die beiden Ziegenkopf-Hörner an seiner Spitze sollen Satan als wahren Gott darstellen. Heumann spürte die bohrenden Blicke in seinem Rücken, als er sich forschend durch den großen Raum bewegte, immer mal wieder stehenblieb, um fremdartige Schriften und Runen zu entziffern. Noch immer hatte der Mann keinen Laut von sich gegeben. Vergebens suchte der Pater nach der Quelle für diese seltsamen Töne, die nur entfernt an Musik erinnerten. Sie drangen, ohne dass er es bewusst zuließ, in die Tiefen seines Verstandes ein und blieben dort haften. Er erschrak heftig, als er sich umdrehte und zu einer Frage ansetzte.

Das ihm bekannte Gesicht des jungen Mannes befand sich nun direkt hinter ihm, direkt auf Augenhöhe. Die ungewöhnlich ausdrucksstarken Augen bohrten sich in seine, hielten den Blick gefesselt. Vergeblich versuchte der Geistliche, sich aus dieser hypnotischen Umklammerung zu befreien. Dass der junge Mann sein ehemals lockiges, langes Haar gegen eine Glatze eingetauscht hatte, tat Heumann schon an der Haustür als Modetick ab. Nun sah er jedoch in ein Gesicht, das ihm äußerst fremd erschien, das jegliche Unbekümmertheit der Jugend verloren hatte. Es war eine Mischung aus Spott und Hass, die es beherrschte und versuchte, nun auch ihn zu kontrollieren. Heumann bemühte sich weiter, das Eindringen fremder Gedanken zu blockieren, wollte aufbegehren. Nur einige leichte Lippenbewegungen waren das schlichte Ergebnis dieser Bemühungen. Unfassbare Angst sprang ihn plötzlich an.

Die Töne im Hintergrund schienen anzuschwellen, dominierten seinen Geist, nahmen ihm jegliche Möglichkeit, sich aus dem Bann dieser Musik zu befreien. Immer näher kam sein Bezwinger, bis er sogar seine Nase berührte. Die Worte, die tief in seinem Geist einschlugen, kamen definitiv von diesem, ihm jetzt fremden Mann, ohne dass sich dessen Lippen erkennbar bewegten. Es war nur ein Zischeln.

Hast du wirklich an meiner Macht gezweifelt, du erbärmlicher Wicht? Was glaubst du, kann dein Gott gegen mich ausrichten? Siehe, selbst dein albernes Kreuz, das du zu deinem Schutz um deinen Hals gehängt hast, hat keinerlei Wirkung auf meinen Einfluss. Dein Christus ist tot. Er ist wirklich tot und kann dir nicht mehr helfen. Er sitzt nur an der Seite seines Vaters und schaut tatenlos zu, wie ich hier auf Erden die Macht übernehme. Eure beschissene Welt interessiert diese Mischpoke im Himmel nicht im Geringsten. Du und deine verfickte Kirche seid ein Nichts, hörst du? Ihr seid ein untergehendes, auf Lügen aufgebautes Nichts. Es war so erschreckend einfältig, wie du dich bemüht hast, uns arme Verirrte damals wieder auf den rechten Weg zu führen. Den habe ich nie verlassen, du Träumer. Du warst es, der den falschen Weg ging. Ich werde dir nun beweisen, wie erbärmlich du bist, Pfaffe.

Während Heumann diese Warnungen vernahm, drängte ihn die Gestalt immer mehr in Richtung einer Tür, die man erst mit dem zweiten Blick als solche erkannte. Sie war ein Teil der Wand, nur schmale Schlitze verrieten sie hinter der Tapete. Mit dem Rücken stieß Heumann sie auf und spürte im gleichen Augenblick diesen Schwall heißer Luft, der aus dem dahinterliegenden Raum über ihn hinwegfegte. Nicht nur der Luftzug ließ sein Nackenhaar hochschnellen, auch die Angst mischte sich darunter. Hilflos musste er den Befehlen dieser Stimme gehorchen, schritt unentwegt rückwärts, bis ihn ein harter Gegenstand aufhielt. Seine Hände erfühlten eine grobe Holzkante.

Zieh dich aus, du Unwürdiger. Heute werden wir der Welt beweisen, wie schwach dein Gott in Wirklichkeit ist. Ich gebe ihm die letzte Chance, sich einem seiner treuesten Jünger anzunehmen. Du wirst sehen, dass nichts geschehen wird, was dich vor der Reise in die unumstrittene Welt der Wahrheit bewahrt. Ich alleine bin dein Fürst, dein Lenker.

Der Schweiß, der sich auf der Stirn des Paters gebildet hatte, lief nun in Strömen, ohne dass er es verhindern konnte, brannte in den schreckgeweiteten Augen. Er wehrte sich vergebens dagegen, dass sich seine Finger den Knöpfen näherten, die sein Hemd zusammenhielten. Stück für Stück entledigte er sich seiner Kleidung. Seine Augen waren flehend auf den Mann gerichtet, von dem die Befehle zu kommen schienen. Dessen Blick war unerbittlich, verachtend. Ein kräftiger Stoß beförderte Pater Heumann auf den riesigen Holztisch, eine unerklärliche Macht hielt ihn dort fest.

Die kräftigen Hände des Mannes zerrten den nackten Körper des Paters in die Mitte des Tisches und befestigten seine Hände an den Ketten, die aus diversen Löchern herausschauten. Um die Fußfesseln schlossen sich ebenfalls massive Ringe. Heumanns Körper gab jeden Widerstand auf und verfiel in ein unkontrollierbares Zucken und Beben. Das Gesicht des Teufels in Menschengestalt, der sich jetzt ebenfalls der Kleidung entledigt hatte, zeigte ein grausames

Lächeln. Hilflos musste Pater Heumann mitansehen, wie das Kohlefeuer mit einem Blasebalg weiter angefacht wurde. Seine stillen Gebete gingen unter im Knistern des Feuers und der unheimlichen Musik, die sämtliche Sinne beherrschte. Er setzte die letzte Waffe ein, die ihm wirksam erschien.

»Vater unser, der du bist im Himmel ...«

- Kapitel 6 -

»Wo? Keiner rührt etwas an, bevor ich mit der Spurensicherung da bin. Sichert den Bereich ab und wartet auf mich.«

Sven legte die heiße Stirn für einen Augenblick an die kühlende Scheibe. Diesen Anruf konnte er an diesem Morgen überhaupt nicht gebrauchen. Er wollte eigentlich mit seinen Leuten die Listen durchgehen, in denen sein Team alle möglichen Typen vermerkt hatte, die schon einmal in Richtung Satanismus auffällig wurden. Einen weiteren Fall in diesem Bereich hatte er so schnell nicht erwartet. *Dieser Dreckskerl musste es aber eilig haben, sein Reich zu erweitern.*

»Hallo Ruhnert. Tut mir leid, dass ich Sie stören muss, aber wir werden gebraucht. Eine Leiche, männlich, am Südwestfriedhof, Fulerumer Straße. Sie kennen doch bestimmt den Platz vor der Trauerhalle, oder? Ich fahre mit Hörster schon vor und warte dort auf Sie. Ja, ja ... ich weiß, dass das ganz große Scheiße ist, aber der Killer wusste wohl nichts davon, dass Sie sich heute Nachmittag freigenommen haben. Der Baumarkt wird morgen auch noch da sein. Sie können sich Ihren neuen Rasenmäher ja auch zurücklegen lassen.«

Wie schon so oft, fragte sich Sven ernsthaft, warum er jemals zur Polizei gegangen ist. Wie gerne würde er einfach mal pünktlich Feierabend machen und sich mit Freunden zum Fußball oder Grillen treffen. Zwei Sachverhalte sprachen gegen diesen Wunsch. Zum einen die Häufigkeit der Gewaltverbrechen und zum anderen hatte er keine Freunde. Krassnitz stand mit ihren Unterlagen in der Tür, starrte erstaunt auf ihren Chef, mit dem sie eigentlich das Meeting geplant hatte. Sven schlug sich gegen die Stirn.

»Ach ja, Sie hatte ich ganz vergessen. Bitte sagen Sie den anderen Bescheid, dass wir die Besprechung verlegen müssen. Eine Leiche am Südwestfriedhof. Hörster und ich fahren hin.«

Wie versteinert blickte Sven auf den Leichnam, den der Täter sehr werbewirksam mit Stacheldraht rücklings an eine der beiden Steinsäulen gebunden hatte, die fünfzehn Meter hoch den freien Platz vor der Trauerhalle überragten. Auf ihrer Spitze war jeweils ein Kreuz montiert. Eine makabre Umgebung, um das Werk eines Mörders zur Schau zu stellen. Der tiefere Grund dafür ging den Beamten ein, als sie die Wunden sahen, die der Täter dem Opfer zugefügt hatte. Sobald man sich dem Tatort näherte, fiel sofort die breite Öffnung am Oberkörper auf.

»Das Schwein hat dem Mann erst hier das Herz förmlich herausgerissen. Die starken Blutungen beweisen das eindeutig. Das Brustbein wurde nach meinem Gefühl mit zwei bis drei Axtschlägen zerteilt, ebenfalls hier. Der Mann lebte zu diesem Zeitpunkt noch. Das große Loch hatte erhebliche Mengen an Blut heraustreten lassen, das den gesamten Leib bedeckt und größtenteils im Boden versickerte. Allerdings sind ihm diese restlichen Verletzungen weit früher zugefügt worden. Die haben weniger geblutet, was darauf zurückzuführen sein könnte, dass man ein Brenneisen verwendet hat, was die Wunden sofort wieder versiegelte. Die Zeichen erscheinen mir wieder satanisch, sind aber nicht gleich mit denen des Mädchens. Trotzdem wette ich, dass wir es mit dem gleichen Täter zu tun haben.«

Ruhnert betrachtete sich die Wundränder genauer, während er Sven seine ersten Einschätzungen preisgab. Hörster fotografierte die seltsamen Symbole, um schnellstmöglich deren Ursprung und Bedeutung recherchieren zu können. Sven starrte immer noch auf das Gesicht des Opfers, konnte einfach nicht glauben, dass er noch gestern mit diesem netten Pfaffen geredet hatte. Er würde viel dafür geben, um zu wissen, warum der Geistliche derart schnell Kontakt zu seinem Mörder aufgenommen hatte, oder vielleicht sogar umgekehrt. Zwei Männer seines Teams waren schon vor Ort, um herauszufinden, ob die Wohnung des Paters auch der Tatort gewesen sein könnte.

»Ich muss mit der Klinikleitung meine Außendienstvergütung neu verhandeln. Ich verbringe ja mehr Zeit an Tatorten, als an meinem Arbeitsplatz.«

Sven schrak hoch, als er Karins Stimme direkt neben sich vernahm. Den flüchtigen Kuss auf die Wange bekam er kaum mit.

»Woher wusstest du ...?«

»Kriminalrat Fugger.«

»Der Alte scheint an dir, oder zumindest an deinen Fachkenntnissen einen Narren gefressen zu haben. Ein Wunder, dass ich es in den meisten Fällen noch vor dir schaffe, am Tatort zu sein.«

»Hört, hört. Der Herr Oberkommissar Spelzer beschwert sich über die Konkurrenz. Wenn dir meine Anwesenheit nicht zusagt, kann ich ja ...«

»Mach mal halblang, Schatz. Der scheint wirklich ...«

»Wundert dich das? Ich bin doch auch wunderbar. Das habe ich noch heute Nacht von jemandem gehört, kurz bevor er mir ins Ohr biss. Mir fällt nur gerade nicht der Name ein.«

Ruhnert gab sich keine Mühe, sein Grinsen zu verbergen. Mit einem tiefen Stoßseufzer mühte er sich aus der Hocke wieder in die Senkrechte. Svens bösen Blick ignorierte er großzügig.

»Na, Kollege Ruhnert, der sieht schon ziemlich blutleer aus. Da wird wohl nicht mehr viel im Körper sein. Haben Sie schon nach dem Hackebeil suchen lassen, mit dem der Täter hier gearbeitet hat?«

Karin hatte sich bei Ruhnert untergehakt und schob den kleinen Kugelblitz hinter die Säule, um sich die Hände zu betrachten, die ebenfalls mit Stacheldraht zusammengebunden waren.

»Was glauben Sie, warum dieser Wahnsinnige überall diesen sperrigen Draht verwendet hat? Ich meine, mit der Dornenkrone hat er sich ja besondere Mühe gegeben.«

»Ich vermute mal, weil er wusste, dass er es mit einem Geistlichen, einem Vertreter Gottes zu tun hatte. Für die Öffentlichkeit sollte das wohl die Verhöhnung der Leiden Christi sein. Vielleicht will er damit zeigen, dass er solche Rituale immer wieder ungestraft durchführen kann. Für mich ist das sein deutlicher Hinweis darauf, wie groß die Macht des Satans auf Erden bereits ist und wie machtlos unser Gott dem Geschehen gegenüber steht. Irgendwie macht mich das nachdenklich. Ehrlich gesagt, es bereitet mir ein ungutes Gefühl, liebe Frau Hollmann.«

Ruhnert sah wirklich besorgt aus und blickte Karin fragend an. Es war ein seltsames Bild, das zwei komplett unterschiedliche Männer zeigte, die sich bei einer schönen Frau unterhakten und vor einer übelst zugerichteten Leiche intensiv diskutierten.

Hörster schnippte mit den Fingern und suchte damit Svens Aufmerksamkeit, der die Fotos an der Wand studierte.

»Ich habe da was, Chef. Dieses Symbol, das dem Pater Heumann in die Bauchdecke eingebrannt wurde, stellt das gekrümmte Kreuz der Verwirrung dar. Das Zeichen wurde erstmals von den Römern benutzt, um die Wahrheit des Christentums infrage zu stellen. Passt doch hervorragend, das ausgerechnet an einem Geistlichen zu verwenden. Es gibt schon noch einige Satansymbole im Netz. Wenn der Täter die alle bei Opfern durchziehen will, haben wir ja noch eine Menge an Arbeit zu erwarten.«

Die bedrückenden Bilder der Opfer, die Sven auf der Magnetwand verteilt hatte, faszinierten ihn derart, dass er sich nicht einmal zu Hörster umdrehte. Er ergänzte lediglich dessen Bemerkungen.

»Ich sehe gerade, dass dieses Tier dem Pater zusätzlich noch die drei Sechsen in den Hals geritzt hat. Das scheint sein Favorit zu sein. Eigentlich sehr schade, dass uns mit Pater Heumann ein Kenner der Szene verloren geht. Wir sollten uns mal mit den Menschen beschäftigen, zu denen der Pater in der letzten Zeit Kontakt hatte. Es könnte ja sein, dass er derzeit jemanden betreute, vielleicht sogar eine Gruppe. Er sprach bei meinem letzten Besuch davon, dass er Jugendliche betreut, die sich dem Okkulten zugewendet haben.«

Krassnitz, die mit frischem Kaffee auf einem Tablett aus der Küche kam, hatte die letzten Worte ihres Chefs noch mitbekommen. Sie stellte alles auf dem Besprechungstisch ab und sinnierte vor sich hin.

»Warum muss es unbedingt ein Mann sein? Ich kann mir in der Rolle eines fanatischen Satananbeters auch gut eine Frau vorstellen. Die können manchmal auch sehr, sehr böse sein. Seht euch mal diese Gruppen von Gruftis an, die mit ihren schwarzen Kutten über die Friedhöfe latschen. Da sind jede Menge Mädchen bei. Die Tochter meiner Nachbarin hatte sich mal in einer solchen Gruppe rumgetrieben und die Mutter hatte tierische Angst, ihre Tochter könnte sich mit dem Teufel verbünden und dass sie einem dem Manson ähnlichen Anführer nachläuft. Ich habe ihr damals Material zu diesen Gruppierungen besorgt. Die Kleine ist jetzt wieder völlig normal, sie kifft nur manchmal noch.

Mittlerweile ist bewiesen, dass wir diese Gothic-Anhänger oder Dark Waver, so wie sie heute auftreten, nicht in den Bereich von Okkultismus einordnen sollten. Die sind in der Regel völlig harmlos, vielleicht etwas verklärt, aber keine Satanisten. Klar, man kann nicht gänzlich ausschließen, dass sich auch da Randgruppen bilden, bis hin zu Vampirismus, Neo-Folk, germanisch-heidnische Gruppen. In den absolut wenigsten Fällen verirrt sich manchmal jemand im Satanismus. Bei denen muss aber festgehalten werden, dass in ihren Genen von Natur aus der Hang zu Gewalttaten vorhanden war. Das ist jedoch nicht szenetypisch.«

Während Krassnitz erzählte und dabei den Tisch deckte, waren Hörster und Sven an den Tisch getreten und saßen nun mit geöffnetem Mund auf ihren Stühlen. Als sie endete und die Männer noch immer auf ihren Mund starrten, ließ sie einen Teelöffel auf die Tischplatte fallen. Sie fuhren erschrocken zusammen.

»Hallo, meine Herren. Ist da noch jemand zuhause bei Ihnen? Was ist los?«

»Sie überraschen mich immer wieder aufs Neue, Krassnitz. In Ihnen schlummern ja Talente, die man bisher nicht genug gewürdigt hat. Sie sind ja eine lebende Enzyklopädie. Wozu googeln wir überhaupt noch, wenn wir Sie haben?«

»Jetzt hören Sie aber auf damit, Chef. Das sollte eigentlich jeder wissen. Man tut diesen jungen Menschen so oft Unrecht, wenn wir sie in die Ecke des satanischen Packs stellen. Diese Gothic-Szene ist eigentlich eine ausgesprochen friedliche Jugendkultur mit sensiblen, wenn auch manchmal etwas wirklichkeitsfremden Mitgliedern. Die entdecken sich eben auf einer anderen Ebene und haben mit den Gewaltexzessen der Satanisten nichts am Hut. Verdammt, ich habe den Zucker vergessen.«

»Lassen Sie nur, Krassnitz, ich hole den schon. Bleiben Sie nur sitzen.«

Hörster stürzte in die Küche. Ein andauerndes Klappern ließ Sven und Krassnitz grinsen. Nach einiger Wartezeit, die weiterhin von auf- und zuschnappenden Schubladen begleitet wurde, schrie Krassnitz über die Schulter.

»Oben rechts im Schrank, über der Kochstelle, Hörster.«

- Kapitel 7 -

Elmar Küper, hatte schon weitaus schlimmere Jobs in Deutschland hinter sich gebracht. Die gefälschten Papiere machten es für ihn relativ ungefährlich, hier in Cervia einer Nebenbeschäftigung nachzugehen. Das Klima an der oberen Adriaküste mochte er. Allerdings hatte er davon gehört, dass es im Hochsommer schon ziemlich heiß werden konnte. Der großgewachsene, gut aussehende Deutsche fand sehr schnell seine Fangruppe unter den weiblichen Touristen, die ihm, während er ihnen die Liegestühle auf den Strandabschnitten hinter den Hotels aufstellte, kleine Zettelchen mit Handy- oder Zimmernummern zuschoben. Obwohl das Leben in diesem, vor allem bei den Deutschen beliebten Touristenort nicht gerade billig war, konnte er schon allein von den Trinkgeldern recht gut leben. Charmant hielt er sich diese plumpen Avancen vom Leib, lehnte jeglichen privaten Kontakt zur Damenwelt ab. Kaum jemand konnte noch das minimale Hinken an ihm feststellen, da er das durch seinen täglichen Sport fast restlos kompensieren konnte.

»Wieso gehst du abends nicht mal tanzen, Elmar? Die Weiber dürften dir doch in Scharen zulaufen. Nun ja, ich gebe zu, so gut wie ein richtiger Italiener siehst du nicht aus, aber für einen Deutschen ...«

Renato konnte es nicht lassen, den Stammgast, der jeden Abend am gleichen Tisch seine zwei Gläser Bier trank, zu veralbern. Mit der Zeit hatte sich sogar eine gewisse Männer-Freundschaft zwischen ihnen entwickelt. Elmar war auch der Einzige, der seine schmucke Aprilia RS 125 vor dem Café-Eingang parken durfte. Wenn Renato genießerisch mit der Hand über seine kleine Kugel rieb, die sich über den Hosengürtel wölbte, sparte Elmar auch nicht mit entsprechenden Kommentaren. Leider blieb ihnen kaum mal eine Gelegenheit, gemeinsam Essen zu gehen, da die Arbeitszeiten dazu ungünstig waren.

»Da kommt deine Chefin, Elmar, setz dich aufrecht hin und trink nicht wieder versehentlich ihr Bier aus ... so wie gestern. Ich zapfe ihr schon mal eins an.«

Während Renato hinter den Tresen schlurfte, ließ sich Lucia mit einem Seufzer auf den Stuhl fallen. Mit beiden Händen warf sie ihre prachtvolle Mähne über die Schultern und schüttelte ihr Haar mit nach hinten geneigtem Kopf. Elmar liebte diese Geste, die sie des Öfteren am Tag wiederholte. Hin und wieder verglich er diese wunderschöne Frau mit der reifen Erscheinung von Karin. Obwohl sich diese Frauen absolut nicht vergleichen ließen, erwischte er sich immer wieder dabei, dass er es trotzdem tat. Die überaus intelligente, etwas unnahbare Frau aus Deutschland stand in einem krassen Gegensatz zu dieser schwarzhaarigen, rassigen Schönheit des Südens, die eine unbeschwerte Leichtigkeit an den Tag legte. Das tat sie, obwohl das Geschäft, mit dem sie tagtäglich ums Überleben kämpfen musste, sehr anstrengend war. Ein Zwölf-Stunden-Tag war normal, wobei noch nicht der Haushalt eingerechnet wurde. Trotzdem strahlte sie eine unbändige Lebenslust aus, die ansteckte.

»Elmar ... ich habe dich etwas gefragt. Wo bist du nur mit deinen Gedanken? Steckt da vielleicht eine Frau hinter?«

Ihr glockenhelles Lachen sorgte dafür, dass einige Gäste zu ihnen hinübersahen. Sie legte ihre Hand auf Elmars und drehte sie um.

»Zeige mir deine Lebenslinien, du Casanova. Ich werde dir sagen, wohin dich dein Schicksal führt.«

Obwohl Elmar nichts von diesem Unfug hielt, beließ er seine Hand bei ihr und blickte hilfesuchend zur Theke. Renato zuckte nur mit den Schultern und lachte. Elmar stutzte, als er die zerfurchte Stirn Lucias betrachtete.

»Das gibt es doch nicht. Da sitzt vor mir einer der attraktivsten Männer aus Germania und was muss ich an den Liebeslinien sehen? Es gibt sie eigentlich gar nicht. Du verdammter Kerl hast noch nie geliebt? Ich glaube das einfach nicht. Weder in der Jugend noch in den letzten Jahren gab es Liebe oder Trennung. Hier ist andeutungsweise was zu erkennen, aber die Falte ist hauchdünn. Was ist los mit dir? Bist du ein Androide, eine künstliche Intelligenz? Hurra, ich beschäftige einen Roboter, der niemals müde wird. Dann brauche ich dich ja auch nicht entlohnen. Klasse. Hier und da mal ein Update und der nächste Tag kann kommen.

Aber jetzt mal Spaß beiseite, Elmar. Gab es denn bei dir tatsächlich bisher niemanden? Keine Freundin, keine Ehefrau, keine Scheidung?«

Abrupter, als er es eigentlich beabsichtigte, zog er seine Hand zurück und ergriff das Bierglas. In einem Zug leerte er es und winkte Renato zu, dass er ein drittes Glas wollte. Nach kurzem Zögern zapfte der an.

»Habe ich etwas Falsches gesagt? Bin ich dir zu nahe getreten, Elmar. Bitte verzeih mir, das war nicht meine Absicht. Das ist allein deine Angelegenheit und ich habe nicht das Recht, dich ...«

»Es ist schon gut, Lucia. Ich bin dir doch gar nicht böse. Warum das so ist, kann ich dir nicht erklären. Habe wohl die Passende noch nicht gefunden, oder die Frauen mögen mich nicht mehr, wenn sie mich näher kennengelernt haben. Und dann kommt meistens noch dazu, dass die Frauen, die ich mag, schon vergeben sind. Wer weiß? Ist ja auch völlig egal.

Wo wir gerade so beim Thema Liebe sind. Mir tut es immer so leid, wenn ich abends das Weinen von oben höre. Fiorella hat ihren Mann wohl sehr geliebt? Sie kommt schlecht über seinen Tod hinweg. Was ist da eigentlich genau passiert?«

Lucia sah auf ihre Hände und wartete ab, bis Renato wieder verschwand, nachdem er jedem von ihnen ein Bier und ein Schälchen mit Knabbereien hingestellt hatte.

»Darüber redet man hier nicht so gerne. Du musst wissen, dass Toni und Fiorella damals, noch bevor Nico geboren wurde, eine Lizenz für den Bootsverleih in Cervia und Milano Marittima bekamen. Die konnten ganz gut davon leben, zumindest im Sommer. Im Winter lebten sie von dem Ersparten. Toni arbeitete außerdem für einige Wintermonate als Skilehrer in den Dolomiten. Dann sahen sich die beiden nur sporadisch. Eigentlich war alles perfetto. Doch eines Tages kamen sie zu ihm und forderten eine Schutzgebühr von den beiden.«

»Schutzgebühr? Schutz wovor? Hier tut dir doch niemand etwas.«

»Ich sehe schon, Elmar, du kennst dich mit den Gepflogenheiten hier nicht aus. Fast jeder zahlt hier einen gewissen Obolus, damit Ruhe herrscht und du deinen Job ungestört von Ganoven ausüben kannst. Wenn du länger hier bist, wirst du feststellen, dass es so gut wie keine Diebstähle gibt. Du kannst in dieser Gegend als Tourist ziemlich sicher sein, dass dir keiner das Geld klaut, oder dass jemand in dein Hotelzimmer einbricht. Tut es dennoch einer, so wünsche dir nicht, in seiner Haut zu stecken.

Es ist dennoch vor langer Zeit passiert. Man erzählt sich, dass dieser Scheißkerl erwischt wurde und an eine Pinie genagelt wurde. Danach hatten wir Ruhe vor dem Gesochse. Nie wieder wurde einer beklaut. Nun kommt es vor, dass fremde Familien hier ihr Glück versuchen und örtliche Geschäftsleute abkassieren wollen. Fiorella erzählte irgendwann davon, dass zwei Männer bei Toni waren und ihren Schutz angeboten haben. Sie gehörten zur Ndrangheta-Familie, einer Organisation aus dem Süden, die sich wie die Pest ausbreitet. Bisher lebten wir mit der Cosa Nostra ganz gut und hatten unseren bezahlten Frieden. Toni hat sie weggejagt und deutlich gemacht, dass er schon hier vor Ort zahlt und von dem Vorfall berichten würde. Das hat er bei der Polizei gemeldet. Drei Tage später hat man ihn aus dem Kanal gezogen. Er war ertrunken, sagt man. Zufall? Seitdem sucht man nach den beiden Männern. Aus einem Fond erhalten Fiorella und Nico von der Familie eine monatliche Unterstützung, damit sie hier auch im Winter überleben können. Im Sommer läuft der Bootsverleih ja ganz ordentlich.«

»Heißt das, dass jeder von euch an ...?«

»Können wir über etwas anderes reden, Elmar. Wenn du über die Strukturen der Mafiafamilien mehr erfahren möchtest, solltest du mit den richtigen Leuten reden. Dort drüben, auf der anderen Straßenseite sitzt zum Beispiel einer, der sich da bestens auskennt. Siehst du den fetten Sack mit dem weißen Borsalinohut und dem Schnurrbart? Ich meine den, der schon eine ganze Weile zu unserem Tisch hinübersieht. Das ist Commissario Paretti. Der kennt jeden und jeder kennt ihn. Lege dich besser nicht mit ihm an. Respektiere ihn und er lässt dich in Ruhe. Der Commissario kümmert sich übrigens auch um den Fall Toni.«

Erst jetzt fiel es Elmar auf, dass dieser Mann unablässig zu ihnen hinübersah. Als er den Blick erwiderte, tippte der Mann an seine Hutkrempe und schickte ein schmieriges Lächeln herüber. Elmar nickte zurück. In diesem Moment konnte er nicht ahnen, wie bedeutsam sich ihre Wege noch kreuzen würden.

- Kapitel 8 -

Das Vergnügen, dienstags den Flohmarkt *Des Einfachen* in der Via Toscana zu besuchen, ließ sich Elmar auch an diesem Tag nicht entgehen. Die handgemachten Produkte und biologischen Artikel hatten es ihm angetan. Außerdem traf er dort oft Gäste, die er tagsüber am Bagno versorgte. Mittlerweile beherrschte er einige Brocken italienisch und vermittelte gerne zwischen den Händlern und Touristen. In den meisten Fällen erzielte er ein Ergebnis, mit dem beide Seiten gut leben konnten. Die gelöste Markt-Atmosphäre lockte sogar Besucher aus den umliegenden Ortschaften an.

»Sie scheinen bei den Gästen sehr beliebt zu sein. Es ist ein Vergnügen, Ihnen beim Handeln zuzusehen. Sie haben Talent, das gefällt mir.«

Elmar hatte den Mann nicht bemerkt, der ihn schon eine Weile aus dem Schatten eines Vorzeltes beobachtete. Jetzt erkannte er den weißen Borsalinohut, unter dem sich Commissario Paretti versteckte. Seitdem Lucia von ihm erzählt und er ihn über die Straße hinweg begrüßt hatte, waren sie sich nicht ein einziges Mal begegnet. Elmar bedauerte diese Tatsache nicht eine Sekunde.

»Ich grüße Sie, Commissario. Ja, es macht mir wirklich Spaß, den Leuten zu helfen. Wir wollen ja schließlich beide nicht, dass entweder Kunde oder der Händler unzufrieden sind. Und es muss fair für beide Seiten bleiben.«

»Hört hört, ein ehrenwerter Mann, der für die Gerechtigkeit in unserer schönen Stadt eintritt. Sie werden mich noch arbeitslos machen, Signor.«

Lachend schlug der Commissario seine Hand auf den Rücken des Mannes, der ihn um einen halben Kopf überragte. Paretti gehörte genau zu dem Kreis von Männern, die Elmar verabscheute. Er mochte diese selbstgefällige Form der Darstellung nicht besonders. Heute trug der Gesetzesvertreter das auffällige Weiß nicht nur in seinem altmodischen Hut, sondern es beherrschte auch Sakko und Hose. Elmar fühlte sich in eine Szene aus dem Film *Der Pate* versetzt, in dem der junge Vito Corleone von einem derart gekleideten Gecken in New York City drangsaliert wurde. Er liebte die Szene, als ihn Vito schließlich auf der Straße hinrichtete.

»Man hat mir zugetragen, dass Sie im Bagno von Lucia Moretti den Gästen zur Hand gehen. Bravo. Man sagt euch Deutschen ja nach, dass ihr sehr fleißige Arbeiter seid. Das wird Lucia gefallen. Sie ist ja auch eine ... sagen wir einmal ... besondere Frau. Äußerst attraktiv, vermögend, alleinstehend. Man könnte sie als gute Partie bezeichnen. Ja, ja ... Lucia kann einem Mann sehr schnell den Kopf verdrehen. Da kommt es schon mal vor, dass sogar der Verstand aussetzt.«

Das Gespräch entwickelte sich in eine Richtung, die Elmar überhaupt nicht gefiel. Er überlegte, wie er sich elegant daraus zurückziehen konnte.

»Sie haben recht, Commissario, sie ist bezaubernd. Ich verstehe nur nicht, warum Sie ausgerechnet mir das erzählen. Lucia ist meine Chefin ... und nur das sehe ich in ihr ... wenn es Sie beruhigen sollte. Ich beabsichtige nicht ...«

»Bleiben Sie ruhig, Signor Küper. Sie haben da etwas in den falschen Hals bekommen. Ich unterstelle Ihnen nicht einen Moment, dass Sie unlautere Absichten haben. Ich wollte nur sehr dezent darauf hinweisen, dass es in dieser Gegend nicht gerne gesehen wird, wenn Männer, die nicht in diesem Land geboren wurden, etwas mit unseren Frauen beginnen. Sie wissen, was ich meine?«

»Ich weiß genau, was Sie meinen, Commissario. Da können Sie völlig beruhigt sein. Ich bin es gewohnt, allein zu leben, und daran wird sich in absehbarer Zeit auch nichts ändern. Sollte sich allerdings eine Wendung ergeben, werden Sie der Erste sein, der es erfährt. Falls Sie sonst keine Nettigkeiten mitzuteilen haben, würde ich jetzt gerne zu meinem Tisch bei Renato gehen. Aber was erzähle ich Ihnen da? Das wissen Sie doch sowieso.«

Das Lächeln auf Parettis Gesicht war eingefroren, die Augen blitzten für einen Moment gefährlich. Es hatte zu Elmar gewechselt, der sich mit einer angedeuteten Verbeugung verabschiedete. Noch eine ganze Weile spürte er den hasserfüllten Blick des Polizisten in seinem Rücken. Ihm war sofort aufgefallen, dass Paretti seinen Namen bereits kannte. Er musste folglich recherchiert haben.

Bei Renato waren fast alle Tische besetzt. An seinem Stammtisch, den der Wirt extra für ihn freihielt, bemerkte er Fiorella, die mit Nico diskutierte.

»Störe ich euch beide bei diesem heißen Disput? Soll ich später noch mal wiederkommen?«

Elmar wartete die Antwort nicht ab und setzte sich direkt neben Nico, der sofort an seinem Arm zerrte.

»Aiutami, Elmar, per favore. Mama versteht mich nicht. Ich brauche dringend deine Hilfe.«

»Ruhig, mein Kleiner. Worum geht es denn? Ich möchte mich aber nicht einmischen, wenn es deine Mama nicht möchte. Darf er es mir erzählen, Fiorella?«

»Natürlich, darf er. Er möchte ...«

»Halt, Mama, ich möchte es Elmar erklären. Also, es geht um diesen Mann, der heute bei uns war. Er hat gesagt, dass er Papas Bootsverleih übernehmen will. Mama will das aber nicht. Da hat er ganz böse Wörter gesagt. Ich habe das ganz genau durch das Fenster gehört. Glaube mir, Elmar, der war ein ganz mieser Stinker.«

»Nico, wo hast du bloß diese Ausdrücke her? Der Mann hat mich nicht bedroht. Das hast du völlig falsch verstanden.«

Elmar unterband den Einwand des Kleinen, indem er ihm die Hand auf den Arm legte. Die beiden steckten die Köpfe zusammen.

»Hast du Lust, ein paar Runden auf dem Karussell da drüben zu drehen. Ich könnte vielleicht in meinen Taschen nachsehen, ob ich Kleingeld finde, damit mein bester Freund einige Runden drehen kann. Hast du Lust?«

»Au ja, das wäre irre toll. Darf ich den anderen Jungs auch erzählen, dass du mein bester Freund bist? Dann werden die Augen machen und mich bestimmt nicht mehr so oft ärgern.«

Fiorella blieb das Herz stehen, als Nico, ohne auf den Verkehr zu achten, über die Straße tobte. Sie spürte Elmars prüfenden Blick und wendete sich ihm zu.

»Hat der Junge recht, Fiorella? Was wollte der Mann wirklich von dir?«

»Das ist alles ein wenig komplizierter, als du es dir vorstellen kannst, Elmar. Darüber redet man hier nicht offen.«

»Das verlangt ja auch keiner von dir. Wir sind hier unter uns. Keiner hört uns zu. Also? Denke bitte auch an den Jungen. Du trägst jetzt eine große Verantwortung, wo Toni nicht mehr für ihn sorgen kann.«

»Genau das ist ja das Problem, Elmar. Ich darf ihn nicht in Gefahr bringen.«

Spätestens jetzt gingen bei Elmar sämtliche Lampen an. Er schüttelte Fiorella an der Schulter, rückte näher heran und sah ihr ins Gesicht.

»Hat euch dieser Kerl bedroht? Du musst es mir sagen, das bist du deinem Kind schuldig. Was willst du als schwache Frau gegen den Mistkerl unternehmen? Nichts. Du kannst gar nichts tun. Ich werde es nicht zulassen, dass euch jemand wehtut. Womit hat er gedroht, Fiorella?«

Der Druck seiner Hand verstärkte sich. Fiorella ließ die Schultern fallen und stützte weinend den Kopf in die Hände. Renato war die Szene nicht entgangen, kam an ihren Tisch.

»Was ist passiert, Fiorella? Ist was mit Nico? Elmar, sag du es mir.«

»Es ist nichts Besonderes, Renato. Nico geht es gut. Ich kümmere mich darum. Danke, Renato.«

Bestellungen an den Nebentischen lenkten ihn ab, sodass sich Elmar wieder seiner Tischnachbarin zuwenden konnte.

»Der Kerl will mir die Konzession, also die Genehmigung, die wir damals von der Gemeinde bekamen, abkaufen. Die darf ich aber nicht weiterverkaufen, weißt du. Dafür muss man schon gute Beziehungen bei der Vergabestelle haben und viel Geld hinlegen. Toni hatte da seine Leute, die ein wenig Druck ausgeübt haben. Du wirst sicher wissen, was ich damit meine. Die Familie kümmert sich im Hintergrund. Wenn man in der Gemeindeverwaltung etwas schneller bedient werden möchte, wendet man sich an bestimmte Leute.

Toni konnte es recht gut mit diesem schmierigen Paretti. Der hat ihm auch einige Türen öffnen können. Wenn ich den Bootsverleih abgeben möchte, muss ich die Lizenz wieder an ihn verkaufen. Das läuft hier so. Aber bitte, Elmar, du darfst niemals jemandem davon erzählen, dass ich dir das gesagt habe.«

»Da mach dir mal keine Gedanken drum. Aber ich verstehe den Kerl nicht. Der muss diese Regel doch auch kennen. Doch nun will ich endlich wissen, womit er dir gedroht hat.«

Wieder erschienen die Tränen in Fiorellas Augen, rollten ihr über die Wangen.

»Die Konzession würde ich offiziell auf meinen Namen behalten. Allerdings müsste ich einen Vertrag unterschreiben, dass ich fünfzig Prozent der Einnahmen an die zahle. Dafür geben sie mir das Geld zurück, das Toni damals an diesen Paretti zahlte. Das ist schon eine ganze Menge für mich und Nico.«

»Gut, das habe ich verstanden. Doch jetzt zur Drohung. Was wird passieren, wenn du Nein sagst?«

»Er meinte, dass Kinder häufig einfach so verschwinden würden, denen dann die Organe entnommen würden. Er könnte mir dagegen Schutz bieten. Die Familie, der er angehört, ist sehr mächtig und kümmert sich um die Mitglieder. Ich weiß nicht mehr, was ich tun soll. Meinem Kind darf nichts geschehen.«

Elmars Gesicht wurde hart, die Augen verengten sich zu Schlitzen, als er den Blick zur anderen Straßenseite richtete. Commissario Paretti saß mit zwei weiteren Männern am Tisch und diskutierte. Ihn würde man nicht um Hilfe bitten können. Der durfte womöglich gar nichts von dem Versuch wissen, da die Gefahr bestand, dass er dann dafür sorgte, dass Fiorella die Lizenz wieder aberkannt wurde. Elmar konnte sich nicht vorstellen, dass er für die Bestechungsgelder damals eine Quittung ausgestellt hatte. Das Geld wäre verloren.

»Hast du eine Adresse, eine Telefonnummer von dem Kerl?«

»Nein, habe ich nicht. Er will sich wieder melden.«

»Wann?«

»Das hat er nicht gesagt. Er taucht einfach auf und verschwindet wieder. Bisher hat ihn noch keiner aus der Nachbarschaft gesehen. Elmar, ich habe Angst um Nico. Ich werde wohl unterschreiben müssen.«

»Wir machen das folgendermaßen, Fiorella. Hör mir zu und tue genau das, was ich dir jetzt erkläre!«

- Kapitel 9 -

Sven durchtrennte das Siegel, das die Kollegen beim Verlassen der Wohnung an der Tür des Paters befestigt hatten. Damit die abgestandene Luft besser entweichen konnte, öffnete er das Fenster zur Straße. Die Sonne erhellte ein Zimmer, das sich nach seinem letzten Besuch nicht sonderlich verändert hatte, wenn man von den Spuren absah, die seine Kollegen bei der Durchsicht hinterlassen hatten. Mit tief in den Taschen vergrabenen Händen stand Sven vor dem bis zur Decke reichenden Bücherregal, das ihm schon letztens Bewunderung abgerungen hatte. Wieder stellte er sich die Frage, ob es Menschen gab, die wirklich so viele Bücher lasen. Bei ihm standen einige Werke bekannter Autoren in den Schranknischen, um ihm den Anstrich des Intellektuellen zu verleihen. Er kam nie auf die Idee, die geistigen Ergüsse dieser Menschen zu verinnerlichen.

Hin und wieder zog Sven ein Buch heraus und ließ die Seiten durch die Finger gleiten. Ihm fielen besonders die reich vorkommenden Symbole auf, die episch breit erklärt wurden. Dunkle Kohlezeichnungen und Kupferstiche zeigten oft grausame Szenen, die von unheimlich anmutenden

Wesen dominiert wurden. Der Satan wurde in vielen Facetten dargestellt, die jedoch allesamt angsteinflößend wirkten. *Wie konnte sich ein normaldenkender Mensch nur solch dunkler Gewalt zuwenden?*

Drei Bücher steckte er sich unter den Arm. Sicher würde er sich die Zeit nehmen müssen, um mehr über diesen Satanismus zu erfahren. Er hatte gelernt, dass er sich ab und zu in den Geist des Täters versetzen musste, um sein Tatmotiv besser verstehen zu können. Das machte ihm die Spurensuche viel einfacher. Lieber würde er sich Karin widmen, die eindeutig mehr Vorzüge aufwies, als diese Teufelsgestalten in den Büchern. Ein Stapel Schnellhefter, der weit vorne auf dem dunkellackierten Schreibtisch lagerte, erregte seine Aufmerksamkeit. Für Sven stand eindeutig fest, dass sich jemand vor nicht allzulanger Zeit damit beschäftigt haben musste. Flüchtig blätterte er durch die Seiten, die Namenlisten enthielten. Pater Heumann führte akribisch Buch über seine Schützlinge. Genau das hatte Sven gehofft, zu finden. Sein Team konnte sich auf ein lustiges Klinkenputzen freuen.

Die weitere Durchsuchung der Räume brachte für den Oberkommissar nichts Bedeutsames zutage, wenn man von den Pornoheften einmal absah, die der Pater griffbereit in der Nachttischschublade verwahrte. Er schien das Zölibat und die damit verbundene Enthaltsamkeit relativ locker gesehen zu haben. Sven warf die Magazine in eine Papiertüte und nahm sich vor, diese bei passender Gelegenheit in einem Container zu entsorgen. Das spätere Aufräumen der Wohnung sollte das Andenken des Geistlichen nicht unnötig beschädigen.

»Das ist ja gruselig!«

Krassnitz hatte sich förmlich in die Lektüre über den Satan verbissen, blätterte immer mal wieder durch die Seiten.

»Ich hätte nie gedacht, wie sehr verbunden unser Leben mit dem Bösen ist ... und das schon solange, wie es Menschen gibt. Da hat der Herrgott wirklich alle Hände voll zu tun, um den Antichristen im Zaum zu halten. Und ich wundere mich stets darüber, warum der keine Zeit für mich hat. Habe den schon tausend Mal gebeten, mir die richtigen Lottozahlen zu verraten ... da kommt nichts, gar nichts. Das macht mir richtig Angst, dass sich diese Bestie von Antichrist, in unserem Körper, in dem Geist festsetzen kann. Die Bücher müssen Sie mir unbedingt später ausleihen, Chef.«

»Um das mit den treffenden Worten zu sagen: Einen Teufel werde ich tun, Krassnitz. Wenn Sie die Lektüre mal genauer studiert haben, werden Sie nämlich feststellen, dass diese Forschungen über die Existenz des Antichristen durch hieb- und stichfeste Beweise untermauert wurden. Ich erinnere nur an die Bedeutung der drei Sechsen. Wenn Sie sich mit den Geheimnissen der Freimaurer näher beschäftigen, schlafen Sie keine Nacht mehr ruhig durch. Mir wurde schon angst und bange, als ich die Illuminati-Filme mit diesem Tom Hanks im Fernsehen sah. Diesen Wahnsinn mit der Teufelsanbetung brauche ich nun wahrlich nicht auch noch in meinem Alltag. Der tägliche Kampf gegen das Böse in unserer Stadt reicht mir vollkommen.

Aber so ganz kann ich uns das Problem nicht vom Hals halten, denn hier scheint ein Jünger des Teufels völlig aus dem Ruder gelaufen zu sein. Ich verwette ein Monatsgehalt darauf, dass wir den hier in diesen Heftern wiederfinden werden.«

Erst jetzt bemerkte Sven, dass Kriminalrat Fugger den Raum betreten hatte. Schon oft hatte Sven die Gabe des Alten verflucht, dass er trotz seines bemerkenswerten Körpergewichts dermaßen leise auftreten konnte.

»Das höre ich gerne, Spelzer, dass Sie auch mal ein Monatsgehalt verwetten möchten. Meins wollten Sie ja sofort kassieren, als ich die Wette anbot. Um was geht es denn dabei? Vielleicht verbirgt sich dort für mich eine unerwartete Geldquelle.«

Mit einem wohlwollenden Lächeln nahm er die Kaffeetasse von Krassnitz entgegen, die diesen Mann mittlerweile von ganzem Herzen schätzte.

»Der Chef meint, dass wir in den Listen, die er aus der Wohnung von Pater Heumann mitgebracht hat, den Täter auf jeden Fall finden werden. Jetzt müssen wir nur noch die meist jungen Leute verhaften und auf ein Geständnis warten. Das ist zwar nicht ganz gesetzeskonform, aber in der Zeit gibt es wenigstens keine weiteren Opfer. Ich könnte in dem Zeitraum dann endlich meine Überstunden abfeiern.«

»Krassnitz. Sie müssen darauf achten, dass Sie sich mit Ihrer spitzen Zunge keine schlimmen Verletzungen im Mundinnenbereich zufügen. Bekomme ich, als Ihr direkter Vorgesetzter keinen Kaffee mehr, sobald der große Boss im Raum ist?«

Die herausgestreckte Zunge übersah Sven bei Krassnitz großzügig und schenkte dem Kriminalrat seine volle Aufmerksamkeit. Alle setzten sich an den Besprechungstisch, wo schließlich auch Krassnitz mit der Kaffeetasse eintraf.

Dass Sven nach dem ersten Schluck angewidert das Gesicht verzog, quittierte Krassnitz mit ernstem Gesicht, ohne eine Miene zu verziehen.

»Oh, sorry. Mir ist der Zuckertopf versehentlich ...«

»Lassen Sie uns jetzt zum Thema kommen!«

Kriminalrat Fugger klopfte energisch auf den Tisch und stoppte damit die Frotzelei seines Teams.

»Spelzer, was haben wir denn in diesen ominösen Listen gefunden? Bringt uns das in dem Fall wirklich weiter?«

Sven klappte die Schnellhefter auf und entnahm ihnen einzelne Seiten, die er auf dem Tisch ausbreitete.

»Der Pater berichtete mir bei meinem letzten Besuch, dass er diverse Jugendgruppen betreut, die sich dem Okkultismus, so waren seine Worte, zugewandt haben. Er meinte, dass sie in der Regel harmlose Versuche starten, mit dem Jenseits Kontakt aufzunehmen. Meist bleibt es bei den Versuchen und sie wenden sich anderen Feldern zu. Er machte aber keinen Hehl daraus, dass es immer mal wieder Einzelpersonen gibt, die es auf die Spitze treiben und tiefer in den Bereich des Satanismus eintauchen. Die Vermutung liegt nahe, dass der Pater damit wahrscheinlich recht behielt.

In diesen Listen finden wir Mädchen und Jungen, denen wir unbedingt auf den Zahn fühlen sollten. Einige der Listen sind schon älter, sodass wir es heute mit Erwachsenen zu tun bekommen werden. Uns wird dabei bestimmt hilfreich sein, dass der Pater sehr akribisch Buch geführt hat. Besonders auffällige Personen hat er in ausführlichen Essays dargestellt. Ich würde sagen, dass wir uns diese Gruppe besonders genau betrachten sollten. Da die Außenseiter aber immer Bestandteil von größeren Gruppen sind, lasse ich sie auch in diesen. Dabei habe ich die Hoffnung, dass uns Mitglieder der entsprechenden Gruppe vielleicht brauchbare Hinweise geben können.

Herr Hörster, Frau Krassnitz. Darf ich Sie darum bitten, den Listen jeweils die auffälligen Personen zuzuordnen, damit wir den Kollegen alles vollständig an die Hand geben können? Hilfreich ist dabei, dass Heumann jede der Gruppen mit einem eigenen Namen versah. Ob dem eine besondere Bedeutung zukommt, wird sich wohl erst im Laufe der Ermittlungen herausstellen.

Ich erwarte von den Teams, dass sie die Befragungen digital dokumentieren. Sie, Krassnitz, als meine beste Kraft am Computer, werden später einen Datenabgleich vornehmen. Wir müssen wissen, wo sich Verhaltensmuster wiederholen, wo sie unbedeutend sind, aber auch, wo sie völlig ungewöhnlich erscheinen. Da werden wir dann ans Eingemachte gehen. Meine Hoffnung während der Befragungen ist, dass der Täter aufgescheucht, vielleicht sogar verunsichert wird und wir in der nächsten Zeit keine weiteren Opfer zu beklagen haben werden.

Wenn es dazu keine weiteren Fragen gibt, können wir uns an die Arbeit machen. Sagen Sie mir bitte Bescheid, wenn Sie mit dem Sortieren durch sind. Dann werden wir das Team zusammenholen, Zweiergruppen bilden und die Einweisung vornehmen. Herr Kriminalrat, haben wir eine geringe Chance, aus den anderen Dezernaten Hilfe zu erhalten?«

Eigentlich sprach Fuggers Gesicht schon Bände.

»Nach dem Tod von diesem Kladicz, gibt es erhebliche Grabenkämpfe in der Stadt. Ich sehe kaum eine Chance.«

- Kapitel 10 -

In Zweiergruppen zogen die Teams durch die Stadt und wunderten sich oft über die Reaktionen der Befragten. In den meisten Fällen trafen die Beamten auf Familien, die sich in keiner Weise von den *Normalos* unterschieden, obwohl sich die Polizisten auf viele außergewöhnliche Begegnungen eingestellt hatten. Es entstanden oftmals lustige Dialoge, weil es auch Familienmitglieder gab, die von der außergewöhnlichen Vergangenheit des Ehepartners, des Vaters oder der Mutter völlig überrascht waren.

Bei den jüngeren Gothic-Anhängern, die auf der Liste zu finden waren, bestätigte sich die Einschätzung von Krassnitz, dass diese Figuren zwar eine recht komplexe Lebenseinstellung besaßen, sich aber anscheinend nur in einer Phase der Identitätssuche befanden. Die Listen konnten recht schnell abgearbeitet werden. Übrig blieben insgesamt nur zwölf Männer und Frauen, die von den Beamten zum harten Kern gezählt werden mussten oder oftmals nicht anzutreffen waren.

Sven entschied bei der Abschlussbesprechung, dass sich der größte Teil der Teammitglieder wieder ihren eigenen

Fällen zuwenden konnte. Er und Hörster wollten nun den Rest der Ermittlungen übernehmen.

»Krassnitz, hat denn der Abgleich der Daten was Greifbares ergeben?«

»Ob das wichtig ist, wird sich wohl erst bei den Einzelgesprächen mit den Personen herausstellen. Doch gibt es hier und da Parallelen, die eventuell interessant sein könnten. Auffällig ist, dass es sich ausschließlich um Mädchen handelt, die sich mit Séancen beschäftigten. Mittlerweile wissen wir, dass das alleine sie noch nicht zur Risikogruppe macht. Eine Frau können wir wieder von dieser Restliste streichen, da sie sich vor acht Wochen das Leben genommen hat. Das war der Fall, bei dem sich eine Person von der Mintarder Brücke gestürzt hatte. Bleiben noch elf.«

»Sehr gut, Krassnitz, sehr gute Arbeit. Gibt es sonst noch Hinweise, die nützlich sein könnten?«

Sven bemerkte das Strahlen in den Augen von Krassnitz, die wieder einmal die bewundernden Blicke des Teams spürte. Hörster unterbrach das leise Murmeln der Kollegen.

»Ich habe aus gegebenem Anlass auch mal im Netz geforscht. Da fielen mir ein paar Sachen auf, die wichtig für uns bei den Befragungen sein könnten.

Wir müssen zu bestimmten Zeiten mit besonderen Aktivitäten der Täter rechnen. Das betrifft besonders das Osterfest, wegen der Auferstehung Christi. Beliebter Zeitpunkt ist auch Fronleichnam. Aber auch der Vollmond und die okkulten Feiertage sind ein Anreiz für die Wahnsinnigen. Da gibt es zum Beispiel den ersten Januar als Lichtfest und den dreißigsten April, wenn die Walpurgisnacht gefeiert wird. Ich erinnere an den ersten Mai, wenn Beltane, das Feuerfest ansteht. Beliebt sind auch der einunddreißigste Oktober, also Halloween und der erste November, was den Beginn der Zeit der Finsternis darstellt.

Es hätte für mich bis heute albern geklungen. Doch nun mach ich mir Gedanken, wenn jemand ein Autokennzeichen mit drei Sechsen fährt. Wir sollten recherchieren, ob im Umfeld unserer Aspiranten bestimmte Tiere spurlos verschwanden. Darunter sind zum Beispiel schwarze Katzen, schwarze Hühner, Hähne oder Ziegen zu zählen. Wurden solche Kadaver in der näheren Umgebung gefunden, kann das auf eine Opferung hindeuten. Ich würde empfehlen, dass sich jeder von uns mit den satanischen Symbolen vertraut machen sollte, da solche häufig an Hauswänden gemalt werden.

Es ist darauf zu achten, wo christliche Symbole geschändet oder mit Dreck und Fäkalien besudelt wurden. Ich denke, dass wir damit das nähere Umfeld des Gesuchten besser eingrenzen können. Doch ich glaube, dass die einzelnen Aussagen der früheren Gruppenmitglieder uns gute Anhaltspunkte für Unbelehrbare liefern werden. Irgendeinem muss doch was Verdächtiges im Gedächtnis geblieben sein.«

»Sehr gut, Hörster. Wie ich sehe, entwickeln wir uns zu wahren Experten auf dem Gebiet des Satanismus. Wir könnten im Nebenjob bald noch Exorzismus betreiben. Doch Spaß beiseite. Ich glaube, dass diese Hinweise sehr wichtig sein können. Wenn auch Hörster und ich die Vernehmungen jetzt alleine weiter betreiben, möchte ich Sie, Kolleginnen und Kollegen, darum bitten, auch weiterhin die Augen und Ohren offenzuhalten. Ich danke allen für die gute Arbeit.«

»Danke, dass Sie mir einen Augenblick Ihrer Zeit schenken, Doktor Haller. Aber es ist für unsere Ermittlungen schon wichtig, wenn wir ein Gefühl für den Täter bekommen, wobei ich einfach seine Motive verstehen möchte.«

Einmal mehr hatte sich Sven in den Sessel in Hallers Praxisraum fallen lassen. Erwartungsvoll sah er diesem großen Mann zu, der ihm jetzt gegenüber saß und seine langen, ergrauten Haare seelenruhig mit einem Gummi zu einem Zopf zusammenband. Seine stahlblauen Augen suchten die von Sven. Er schien zu überlegen, womit er bei der Erklärung beginnen sollte.

»Wie es so im Leben immer ist, gibt es auch hier keine Erklärung, die ohne Zweifel auf jeden von diesen Satansanbetern zutreffen könnte. Es kann sein, dass sie absolut normal unter uns leben, ohne jemals aufgefallen zu sein. Was sie allerdings von uns unterscheidet, ist die spürbare Rücksichtslosigkeit im Zusammenleben, was dazu führt, dass sie zumeist alleine leben. Sie sind zu einer Beziehung, die Zuneigung und Liebe erfordert, gar nicht fähig. Sie haben jegliches Verantwortungsgefühl gegenüber den Mitmenschen oder gegenüber den Wesen im Allgemeinen abgelegt. Sie fürchten um den Verlust ihrer Stärke, möchten diese schwachen Gefühle, wie sie es nennen, vermeiden. Selbst Sex reduzieren sie auf aggressives Verhalten beim Geschlechtsverkehr.

Diese doch eigentlich psychisch schwachen Menschen werden allerdings anfälliger für totalitäre und gewaltverherrlichende Ideologien. Da sind sie natürlich beim Satanismus perfekt aufgehoben. Für sie wird die Ausübung von Gewalt absolut legitim. Der Satanismus gibt ihnen das Recht zur Gewaltausübung. So sehen sie das zumindest.

Oft suchen die Hardcore-Satanisten auch die Nähe zur Church of Satan, die ihren Sitz in New York hat und unseren allmächtigen Schöpfergott leugnet. Dieser wird bei ihnen durch den Satan ersetzt. Für leichtgläubige Satanisten klingt es beeindruckend, dass sogar Berühmtheiten wie Sammy Davis Jr., Marilyn Manson und Marc Almond dort Mitglied sind, bzw. waren.«

»Es ist beeindruckend, was sich in diesen Gruppierungen so alles rumtreibt. Wenn Sie davon sprechen, dass es völlig normal erscheinende Menschen sein können, die solche schlimmen Taten begehen, wie wir sie schon vorgefunden haben, wie sollen wir sie dann herausfiltern?«

»Nicht, dass wir uns falsch verstehen, Spelzer. So ganz normal sind die nun auch wieder nicht. Sehen Sie denen nur in die Augen. Sie werden eine mitleidlose Kälte erkennen, die diese Menschen nur sehr schwer verbergen können. Wie ich schon sagte, die kennen den Begriff Mitleid nicht. Sie üben Gewalt aus, um über ihre eigene Schwäche hinwegzutäuschen. Sie glauben sich, mit der Anbetung Satans, auf die Seite des Stärkeren gestellt zu haben. Und seien wir ehrlich, wir machen es ihnen leicht, an Gott, an seiner Güte und Kraft zu zweifeln. Wo wir auch hinschauen, finden wir das Böse. Kriege zeigen die Macht des Antichristen. Der Satanist arbeitet mit dem Argument, wenn Gott so allmächtig ist, warum schützt er die Menschen nicht, die er doch so unendlich liebt? Alle könnten in gleichem Wohlstand leben, Neid wäre damit von vorne herein ausgemerzt. Ich könnte tausend Beispiele folgen lassen.«

Sven schwieg einen Augenblick, ließ diese Worte sacken, bevor er erneut fragte.

»Gibt es weitere Hinweise für die Abhängigkeit vom Satan?«

»Ich würde Ihnen empfehlen, die Augen offenzuhalten für Symbole, die zumindest den Hang zum Satanismus andeuten könnten. Dazu zähle ich an erster Stelle das umgekehrte Pentagramm oder das auf dem Kopf gestellte Kreuz. Die drei Sechsen sind Ihnen ja schon bekannt. Erwähnenswert wäre da noch das Zeichen der Satanskirche. Es findet sich in der Satanischen Bibel über den neun Satanischen Thesen. Es gibt zwar noch weitere mehrdeutige Zeichen, die ich aber nicht zwangsläufig als Indiz für die Satansanbetung benennen würde.«

»Würde es Ihnen etwas ausmachen, bei Verhören als stiller Beobachter zugegen zu sein, Herr Doktor? Sie wären uns eine große Hilfe.«

Haller überlegte eine Weile, um dann doch zu nicken.

»Wenn es meine Zeit zulässt, stehe ich gerne zur Verfügung. Ihnen viel Erfolg bei der Suche.«

- Kapitel 11 -

Er war wieder da. Wie eine Statue stand er zwischen den beiden Bagnos und beobachtete still das Geschehen am Strandabschnitt, an dem Fiorella ihren Verleih an Tretbooten und Kajaks betrieb. Man befand sich zwar erst am Beginn der Hochsaison, doch das Geschäft lief schon recht gut. Gäste mussten die zu mietenden Boote bereits vorbestellen. Zufrieden mit dem, was er zu sehen bekam, näherte sich der großgewachsene Mann mit dem gegelten Haar dem Stuhl, auf dem Fiorella unter dem Sonnenschirm döste.

»Das sieht ja wirklich gut aus, Signora Mascara. Alle Boote sind draußen – das Geschäft scheint ja zu laufen.«

Fiorella fuhr hoch, da sie völlig in Gedanken vertieft war und die Augen halb geschlossen hatte. Eine kurze Nacht lag hinter ihr, da Nico ständig nach ihr gerufen hatte. Er war mit seinen nackten Füßen in eine Scherbe getreten, die versteckt im Sand eine schmerzhafte Wunde hinterlassen hatte. Der Apotheker hatte sich das angesehen und ihr geraten, vorsichtshalber einen Doktor aufzusuchen. Eine Tetanusspritze könnte nicht schaden, meinte er. Nun wollte sie abwarten, wie sich die Wunde entwickelte.

»Verdammt, warum müssen Sie mich derart erschrecken? Was wollen Sie denn jetzt schon wieder von mir? Ich sagte doch bereits, dass ich gar nicht an Sie oder Ihre Hintermänner verkaufen kann. Die Lizenz läuft nur auf meinen Namen. Also verschwinden Sie bitte wieder.«

Das Lächeln im Gesicht des Mannes fror ein, machte einem gefährlichen Funkeln in den Augen Platz, als er sich zu ihr herunterbeugte.

»Schon beim letzten Gespräch habe ich Ihnen das Prozedere erklärt. Heute mache ich das zum letzten Mal. Sie behalten diese verfluchte Lizenz auf Ihrem Namen. Wir geben Ihnen das Geld für die damalige Beschaffung und für die Boote. Allerdings sind wir nicht mehr bereit, Ihnen für die Arbeit hier am Strand fünfzig Prozent zu zahlen. Jetzt sind es nur noch vierzig. Wenn wir uns hier und heute nicht einig werden, wird dieser Anteil beim nächsten Besuch um weitere zehn Prozent geschrumpft sein.

Bevor ich es vergesse. Geht es Ihrem Sohn wieder besser? Das mit der Glasscherbe ist bestimmt schmerzhaft, aber das heilt wieder. Wir wollen doch beide, dass ihm auch zukünftig nichts Schlimmeres zustößt, oder?«

»Woher wissen Sie von der Glasscherbe?«

Fiorella war aufgesprungen und sah den Mann mit weit aufgerissenen Augen an. Er überragte sie um mindestens einen Kopf.

»Aber ich bitte Sie, Signora Mascara. Wollen Sie wirklich, dass ich Ihnen aufzähle, was Sie gestern Abend als Abendessen vorgesetzt haben? Nichts, was bei Ihnen im Haus passiert, bleibt vor uns verborgen. Wir interessieren uns sehr für das Leben unserer Geschäftspartner. Da meine

Geduld aber endlich ist und ich nur über wenig Zeit verfüge, gebe ich Ihnen noch eine Stunde Zeit, um mir eine endgültige Entscheidung mitzuteilen. Danach wird es keine für Sie lohnende Verhandlungsbasis mehr geben. Was das für Ihren Familienfrieden bedeutet, möchte ich jetzt und hier nicht erörtern. Uns ist allerdings an einer gewaltlosen Lösung gelegen. Wir lieben doch unsere Kinder über alles.«

Fiorella hatte trotz der Nachmittagshitze das Gefühl, einzufrieren. Die Blässe überzog ihr schönes Gesicht und machte einer Verzweiflung Platz, die sie in Sekundenschnelle erfasst hatte. Die Vorstellung, dass Nico etwas zustoßen könnte, lähmte ihre Gedanken. Ihr Nicken nahm der Mann mit einem zufriedenen Grinsen wahr. Hilfesuchend blickte sich Fiorella nach allen Seiten um, erinnerte sich daran, dass sie für einen solchen Fall einen Plan mit Elmar geschmiedet hatte.

»Hören Sie auf damit, mir so was zu erzählen. Ich tue ja, was ihr verlangt. Haben Sie die Verträge dabei? Kann ich sie vorher sehen?«

»Was würde es Ihnen bringen, wenn ich Ihnen die Papiere vorher zeige? Nichts würde sich ändern lassen, Signora. Die Konditionen stehen unveränderbar fest. Sagen Sie mir, wo wir uns heute Abend ungestört treffen können und ich werde da sein. Allerdings werde ich nicht in Ihre Wohnung kommen. Niemand sollte uns zusammen sehen. Also ... wann und wo?«

Fiorella versuchte, sich zu erinnern, was sie mit Elmar verabredet hatte. Die Panik lähmte noch immer ihre Gedanken. Sie bemerkte nicht, dass der große, blonde Mann längst auf ihre Unterhaltung aufmerksam geworden war und etwa fünfzig Schritte entfernt die Szene beobachtete. Die stahlblauen Augen glichen jetzt Eiskristallen.

»Ich denke, dass Sie einen Treffpunkt ohne Zuschauer bevorzugen. Kennen Sie die Weggabelung der Viale Jelenia Gora mit der Via Stazzone. Die befindet sich etwa einhundert Meter hinter dem Center Congressi. Dort warte ich auf Sie. Sagen wir so um zweiundzwanzig Uhr? Dann schläft der Kleine und es hält sich dort niemand mehr auf.«

»Kenne ich zwar nicht, doch es gibt ja das Navi. Ich werde da sein. Ich rate Ihnen davon ab, die Polizei zu informieren. Wir können sehr nachtragend sein, Signora Mascara.«

Kaum hatte er den Satz beendet, als er sich auch schon umdrehte und mit tief in den Taschen vergrabenen Händen zurück zur Straße schlenderte. Elmars Augen verfolgten jede seiner Bewegungen. Besorgt blickte er hinüber zu Fiorella, die auf ihrem Stuhl zusammengesunken saß und in den Sand stierte. Ein Gast rief nach ihm.

Der kleine, knallrote Fiat parkte absolut unauffällig an der Weggabelung und wurde durch eine Gruppe von Pinien vor den Blicken vorbeifahrender Autos geschützt. Der Verkehr ging jetzt um kurz vor zweiundzwanzig Uhr gegen Null. Die Veranstaltung im Kongresszentrum war bereits um zwanzig Uhr zu Ende gegangen. Der Parkplatz lag verlassen da. Nur schwach hörbare Töne wiesen auf ein Konzert auf der Piazza G. Garibaldi in Cervias Zentrum hin, das am heutigen Abend sicher wieder viele Touristen anzog. Den Mann, der seinen Alfa Romeo wenige Meter hinter dem Fiat ausrollen ließ, interessierte dieses Event nicht. Er hasste klassische Musik.

Anders verhielt es sich mit moderner Italo-Disco-Musik, wie sie derzeit in den bekannten Klubs an der Küste durch die Lautsprecher dröhnte. Mit schönen Frauen an einer Bar rumlümmeln, teure Cocktails trinken und abends schnellen Sex, das entsprach schon eher seiner Welt.

Er trat in den Schatten einer Pinie, als er die Scheinwerfer eines vorbeifahrenden Fahrzeugs aus Richtung der Via Aldo Ascione kommen sah. Danach lag die Straße wieder in absoluter Dunkelheit vor ihm. Mit Grauen dachte er daran, wie seine sündhaft teuren Schuhe auf diesem Waldboden leiden würden. Er beeilte sich, wieder den festen Boden der Straße unter den Sohlen zu spüren, schlich auf den Fiat zu, in dem er die Silhouette der Fahrerin vergebens suchte. Er führte das auf die fehlende Straßenbeleuchtung zurück. Er beugte sich zum Fahrerfenster herunter und versuchte, etwas zu erkennen. Enttäuscht und gleichzeitig wütend werdend kam er wieder hoch und suchte das nähere Umfeld ab. *War er zum falschen Wagen gegangen? Konnte es sein, dass diese Fiorella Mascara noch nicht am Treffpunkt war?*

Die Frage stellte sich plötzlich nicht mehr, als er die Stimme hinter sich hörte. Der große Schatten, der sich vor ihm aufbaute, kam aus dem Nichts. Ohne jedes Geräusch konnte er sich nähern. Der Mafiosi trat einen Schritt zurück und stieß gegen den Rückspiegel des Kleinwagens. Das Weiß seiner weit aufgerissenen Augen war selbst in der Dunkelheit deutlich zu sehen.

»Verstehst du ein paar Worte deutsch?«

Obwohl mit diesem Satz keinerlei Drohung verbunden war, trieb es dem Italiener den Schweiß auf die Stirn. Zu sehr hatte ihn dieser Fremde überrascht.

»Natürlich verstehe ich dich. Wer will das wissen?«

»Das ist sehr gut, mein Freund. Es macht uns die Unterhaltung viel einfacher. Weißt du, Namen spielen doch bei uns gar keine Rolle, ganz im Gegenteil. Keiner will sie tatsächlich wissen. Also zumindest mich interessiert es nicht die Bohne, auf welchen bescheuerten Namen dich deine Eltern damals getauft haben, nachdem sie dich im Abfluss eines Tierheims fanden. Irgendeine Hure hat dich geboren und dann versehentlich die Nachgeburt hochgepeppelt. Lass uns das Gespräch auf wirklich wichtige Dinge konzentrieren.«

Elmar spürte trotz der Dunkelheit, wie sich der Körper seines Gegners versteifte und die Hand ganz langsam die Nähe des Schulterholsters suchte, in dem eine Beretta lauerte.

»Ich würde das an deiner Stelle besser nicht versuchen. Bevor du die Waffe gezogen hast, läufst du schon ohne Eier durch die Welt.«

Um diese Behauptung zu unterstreichen, stieß Elmar leicht mit der Klinge seines Buschmessers gegen den Schritt seines Gegenübers. Mitten in der Bewegung hielt der Mann inne.

»Was willst du von mir? Ich kenne dich nicht, habe dich noch nie in meinem Leben gesehen. Du scheinst außerdem nicht zu wissen, mit wem du dich hier anlegst. Passiert mir was, wird dich die Familie finden und auf dem Grill rösten. Es ist besser, du verpisst dich wieder und verziehst dich zurück in das Loch, aus dem du gekrochen bist. Du bist in Italien, mein Freund, da gibt es für dich, du deutscher Arsch, nur heiße Erde.«

»Bist du jetzt fertig mit deinen Matcho-Sprüchen? Sobald ich wieder zuhause bin, werde ich damit beginnen, mich zu fürchten. Doch bis dahin möchte ich noch meinen Spaß mit dir haben. Eigentlich könnte ich dir ja sogar meinen Namen nennen. Zwei Gründe sprechen dafür. Erstens nützt es dir nach unserer Begegnung nichts mehr. Zweitens dürfte dir das etwas sagen, denn mein Name ging auch durch die internationale Presse. Ich nehme an, selbst du geistig unterentwickelter Wicht hast irgendwann mal Lesen und Schreiben gelernt. Man nennt mich Elmar Pehling. Sagt dir das was?«

Wenn man Angst riechen konnte, war jetzt der richtige Augenblick, eine Nase voll davon zu nehmen. Die Nennung des Namens hinterließ Wirkung.

»Was ... warum ... du hast doch mit uns nichts am Hut. Ich will doch nur, ich meine, wir machen lediglich ein Geschäft mit Signora Mascara. Sie soll doch nur ...«

»Jetzt komm mal wieder zu dir, du Jammerlappen. Zum Heulen ist es zu spät. Wir beide wären uns wohl nie begegnet, wenn du ihr ein faires Geschäft vorgeschlagen hättest. Verstehst du mich? Das mit den Drohungen gefällt mir überhaupt nicht. Signora Mascara ist eine ehrbare Frau, die erst vor kurzer Zeit ihren Mann an solche Pisser, wie ihr es seid, verloren hat. Sie hat es verdient, anständig und mit Respekt behandelt zu werden. Ihr Kind soll ein Leben ohne Mord und Totschlag leben dürfen.«

»Das mit dem Drecksbalg war doch nur ein Spruch, eine Warnung, damit sie den Vertrag unterzeichnet. Niemals hätten wir ...«

Den Satz brachte er nicht zu ende, weil sich die Spitze des Messers von der Seite durch beide Wangen und die Zunge bohrte. Wie ein Karpfen am Haken stierte er auf Elmar, in dessen Augen plötzlich ein gefährliches Funkeln aufblitzte. Die Farbe der Pupillen hatte von Stahlblau zur Farbe eines Gletschers gewechselt, schienen zu leuchten. Das konnte der Gepeinigte sogar in der Dunkelheit erkennen, als ihn Elmar, immer noch mit der Hand am Messergriff, nah an sich heranzog.

»Ich sagte, dass du diese Menschen mit Respekt behandeln sollst. Du bist nur der unwürdige Dreck dieser Erde, den ich entsorgen werde. Ich hatte gehofft, dass ich dich mit einer Nachricht zu deinem Boss zurückschicken könnte. Nein, mein Freund, das bist du nicht wert. Du bist die Sorte Mensch, die nicht allzu lange auf Erden wandeln sollte. Du bist Abfall und wurdest nur geschaffen, um schnell wieder in das Reich des Satans zu wechseln, aus dem du ausgebrochen bist.«

Mit einer schnellen Bewegung zog Elmar die Waffe aus dem Holster des am Messer zappelnden Gangsters, steckte sie hinten in seinen Hosenbund. Sein Mund war nur noch ein Strich, als er die Plastiktüte aus der Tasche zog und damit vor den Augen des Mannes wedelte. Man mochte vermuten, dass die Augäpfel des Mannes jederzeit aus den Höhlen hüpften.

»Ich sehe, dass du bereits vermutest, welches Spiel wir beginnen. Aber du liegst falsch, du erbärmlicher Wicht. Ich werde dir diese Tüte nicht übers Gesicht ziehen. Nein, wir machen es nicht so, wie ihr es in euren Kreisen praktiziert. Ich bin ja schließlich kein Mafia-Killer. Das wirst du selbst tun. Ich möchte sehen, wie lange du es aushältst ohne Luft. Doch vorher will ich diesen verdammten Vertrag von dir.«

Mit einem kräftigen Ruck zog er das Messer aus der Wange des Italieners. Der spitze Schrei verhallte in der Weite des Pinienhains. Die zitternden Hände suchten in der Seitentasche des Maßanzugs nach den Papieren, übergab sie schließlich an seinen Peiniger. Das Blut rann in Strömen aus den breiten Wunden auf das teure Sakko, quoll sogar in Sturzbächen aus dem Mund.

»Du hast doch jetzt, was du wolltest. Ich gebe dir mein Wort darauf, dass wir die Familie Mascara niemals mehr belästigen werden. Nur verschone mich. Ich habe doch auch eine Familie. Bitte, lass mir mein Leben.«

Kaum verständlich erreichte Pehling das Betteln des Killers. Angewidert verzog er das Gesicht.

»Was erzählst du mir da? Du hast eine Familie? Du kannst nicht einmal sicher sein, dass du von deiner richtigen Mutter großgezogen wurdest. Du bist ein Nichts und hast es nicht verdient, mit den anständigen Menschen hier den Sauerstoff zu teilen. Zieh dir jetzt endlich diese Tüte über den Kopf! Ich will dich nicht mehr sehen.«

Elmars Hand krallte sich stählern in das gegelte Nackenhaar des Mannes, als dieser sich herumwarf und flüchten wollte. Sein Schmerzensschrei war nur kurz, als er mit dem Gesicht gegen die scharfkantige Borke der Pinie geschleudert wurde. Das Brechen des Nasenbeins vermischte sich mit dem Knacken der Baumrinde. Weiteres Blut verteilte sich auf dem schon blutgetränkten Sakko und dem Hemd des Verbrechers. In dem Augenblick, als er beide Hände über den Kopf gegen die Pinie abstützte, traf ihn das spitze Messer durch die Handrücken und verhinderte damit jede weitere Gegenwehr.

Erst als sich die Plastikfolie über seinen Kopf stülpte und sich mit jedem Atemzug enger um sein vom Wahnsinn verzerrtes Gesicht legte, strampelte er wie ein Besessener zur Seite. Elmar spürte den Tritt gegen sein Schienbein und trat in maßloser Wut zurück. Wieder war es da, dieses Geräusch eines brechenden Knochens. Der Mafiakiller spürte davon nicht mehr viel, da seine Lungen längst kollabierten. Sein Körper erschlaffte und hing, nur noch vom Messer in den Handrücken gehalten, an der Pinie.

Elmar zog mit einem kräftigen Ruck die Klinge aus dem Stamm und wichte sie an der Kleidung des Mannes, der jetzt dumpf auf dem Waldboden aufschlug, sauber. Der dunkle Wald schwieg, schien die Strafe als angemessen zu akzeptieren.

- Kapitel 12 -

Es war das absolute Tagesgespräch. Die Lokalzeitung brachte die Nachricht in großen Lettern auf der Titelseite. *Zweites Mafia-Opfer im Kanal gefunden.* Im folgenden Artikel versuchte die Redaktion, einen Bezug zum Tod von Toni Mascara herzustellen. Zwei Morde in so kurzer Zeit konnte nur bedeuten, dass sich hier ein Krieg zwischen zwei Familien abzeichnete. Vor allen Dingen auch, weil der letzte Mord in dieser Gegend bereits einundzwanzig Jahre zurücklag.

In den Bars und Tavernen, in denen sich Einheimische trafen, diskutierte man den Fund einer männlichen Leiche, dessen Identität bisher noch Rätsel aufgab. Die Carabinieri hatten das gesamte Gebiet um die Fundstelle herum abgeriegelt und nach Spuren gesucht. Wildeste Gerüchte kursierten, was die Todesart betraf. Allmählich sickerten Nachrichten durch, dass dieser unbekannte Mann durch eine Plastikfolie erstickt wurde, er mehrere Stichwunden besaß und seine Körperteile die schlimmsten Verletzungen aufwiesen. Nun versuchte die Polizei, die Herkunft zu ermitteln. Nur verschiedene Reifenspuren lieferten bis zu diesem Zeitpunkt die einzigen brauchbaren Hinweise. Lediglich in einer kleinen Meldung, zwei Seiten weiter, wurde erwähnt, dass wieder einmal ein fremdes Auto abgeschleppt wurde, das jemand verbotenerweise im Halteverbot innerhalb des Stadtzentrums abgestellt hatte. Immer wieder geschah es, dass Auswärtige sich über die Verbote hinwegsetzten und dafür hohe Strafen und Abschleppkosten bezahlen mussten.

»Was hast du getan? Ich kann es einfach nicht glauben.«

Elmar fiel fast der Löffel aus der Hand, mit dem er seine noch vom Vortag übrig gebliebene Minestrone aß. Seine Augen, die bisher in die Zeitung vertieft waren, fixierten nun Fiorella, die mit hochrotem Kopf durch die offenstehende Tür zum Garten hereinstürmte. Mit in den Hüften gestemmten Armen stand sie nun vor ihm und wartete auf eine Erklärung.

»Wovon sprichst du? Beruhige dich erst einmal und setz dich hin. Möchtest du auch etwas von der Suppe? Davon habe ich mir wohl gestern zu viel gemacht. Jetzt kann ich tagelang Minestrone schlürfen.«

Fiorella riss den Korbstuhl zurück, sodass Elmar erneut zusammenzuckte, und ließ sich hineinfallen. Noch immer besaß ihr hübsches Gesicht dieses Tiefrot, was sich wunderschön gegen das schwarze Haar abzeichnete. Energisch zog sie ihm den Suppenteller weg. Die Flüssigkeit schwappte über den Tellerrand und verlief auf dem Holztisch.

»Ich will jetzt wissen, warum du diesen Mann unbedingt so grausam töten musstest. Das war nicht abgemacht.«

»Ich bitte dich, liebe Fiorella, komm wieder runter. Ich habe mit diesem Mord nichts zu tun. Ich habe mich an den besprochenen Plan gehalten und nur mit ihm geredet. Bitte glaube mir das. Traust du mir wirklich zu, dass ich einen Menschen so kaltblütig umbringen könnte? Ich gebe ja zu, dass ich ihn etwas hart angefasst habe, aber der ist nach der Prügelei sogar noch weggefahren. Der hat mich dermaßen gereizt, dass ich ihm ein paar Zähne eingeschlagen habe. Hier sieh dir das an, die Knöchel haben geblutet.«

Energisch drückte Fiorella den Stuhl wieder nach hinten. Mit lautem Gepolter kippte er um, was die wütende Nachbarin nicht störte. Sie wanderte mit großen Schritten durch den Raum und suchte nach Worten. Immer wieder setzte sie an und suchte dabei den Blick ihres Helfers, der vorsichtig die Suppenreste mit einer Zeitungsseite aufsaugte.

»Du hast mir versprochen, dass du ihm nur Angst machen willst. Du sagtest, dass er höchstens eine Abreibung bekommt. Jetzt ist der Mann tot. Du hast mich angelogen, Elmar. Wie konnte so was Schreckliches passieren? Du hättest es mir vorher sagen sollen. Niemals wäre ich damit einverstanden gewesen.«

Als sie sich wieder dem Tisch zuwandte, lief sie gegen Elmas breiter Brust, der sich erhoben hatte und Fiorella in die Arme nahm.

»Gott noch mal, jetzt beruhige dich bitte. Ich kann deine Wut, deine Zweifel ja gut verstehen, aber du musst mir glauben, dass ich mit dem Mord nichts zu tun habe. Ich ...«

»Störe ich euch beide gerade? Soll ich später noch mal wiederkommen? Was ist mit diesem Mord? Habt ihr etwa etwas damit ...?«

Elmar ließ Fiorella wieder frei und zog Lucia an der Hand in den Raum. Er stellte den Stuhl wieder auf und drückte

Lucia hinein. Fiorella beobachtete das Geschehen mit tränennassen Augen. Ihre Hände kneteten den Saum ihres bunten Kleides. Elmar blickte verzweifelt von einer zur anderen, bis Fiorella endlich zögernd nickte. Vorsichtig führte er sie zum Tisch und wartete, bis sie Platz genommen hatte. Lucias Gesicht bestand aus einem einzigen Fragezeichen.

»Was läuft hier gerade ab? Jetzt wird mir die Sache aber unheimlich.«

»Du must uns beiden hoch und heilig versprechen, dass du kein Wort von dem verraten wirst, was ich dir jetzt erzähle. Du darfst es wirklich niemandem sagen, versprichst du das?«

»Ja, verdammt, ich verspreche es. Ihr macht mir Angst mit euren Andeutungen.«

Fiorella hielt den Kopf gesenkt, als Elmar damit begann, die Hintergründe für den Besuch des Getöteten zu erklären. Ohne ihn zu unterbrechen, hörte sie schweigend zu. Ab und zu nickte sie verstehend und suchte den Blick ihrer besten Freundin.

»Warum hast du mir nie davon erzählt, Fiorella? Wir sind doch Freundinnen. Glaubst du denn wirklich, dass ich das mit dem Schutzgeld nicht verstanden oder dich sogar verraten hätte? Ich habe doch selbst für das Bagno zahlen müssen und tue es immer noch. Jeder in diesem Land zahlt für diese Konzession an die Gemeinde. Und dann kommen die Mafia-Ratten, die behaupten, dein Hab und Gut dauerhaft zu beschützen. Ich kann mir nicht vorstellen, dass es Bagni gibt, für die nicht bezahlt werden muss. Aber was hat das alles mit diesem Mord zu tun?«

Bittend, aber auch zugleich anklagend richtete Fiorella den Blick auf Elmar, der schulterzuckend fortfuhr.

»Fiorella und ich haben einen Plan geschmiedet, bei dem wir den Kerl in eine Falle locken wollten. Das hat auch alles genauso geklappt, wie wir es besprochen hatten. Dieser Mistkerl sollte dafür bestraft werden, weil er Nicos Leben bedrohte. Deshalb habe ich ihm am Treffpunkt aufgelauert und ihm eine ordentliche Tracht Prügel verpasst. Er hat mir beim Leben seiner Mutter versprechen müssen, dass er sich hier in der Gegend nicht mehr blicken lässt. Nun gut, ich habe ihn etwas grob angefasst, aber ihn nicht getötet. Das Schwein habe ich im Wald liegenlassen und bin zurück nach Hause gelaufen. Ich meine, noch gehört zu haben, dass er wieder wegfuhr. Hier ist übrigens der beschissene Vertrag. Genauso war's.«

Mit weit aufgerissenen Augen war Lucia der Schilderung gefolgt. Eine Hand hatte sie vor den Mund gelegt. Mit der freien Hand hob sie den Kopf ihrer Freundin.

»Dieser Mann hat tatsächlich damit gedroht, dein Kind zu töten? Fiorella, dann hat er verdient, was man ihm angetan hat. Das war noch viel zu gnädig. Selbst wenn Elmar es getan hätte, woran ich nicht glaube, wäre es ein gutes Werk gewesen. Er soll dafür ewig in der Hölle schmoren.

Doch warum bist du damit nicht zu Commissario Paretti gegangen? Er hätte dir bestimmt geholfen. Hat er dir damals nicht gesagt, als er ...? Ich meine, er hat doch auch dir versprochen, immer zu helfen, wenn wir in Not geraten. Er sorgt dafür, dass hier im Ort Recht und Ordnung herrschen.«

Fiorella legte wieder den Kopf in die Arme und schluchzte vor sich hin. Elmar zuckte mit den Schultern und legte ihr eine Hand auf den Arm. Die Worte, die Fiorella in die Armbeuge sprach, kamen zwar nur undeutlich bei ihren Zuhörern an, versetzten sie jedoch in Erstaunen.

»Ich kann nicht zu diesem Kerl gehen ... ich kann das nicht tun. Dann gebe ich mich völlig in seine Hand. Dieser schmierige Kerl will das doch nur. Bisher habe ich mich gegen seine eindeutigen Angebote wehren können. Doch dann will er auch eine Gegenleistung. Ich werde niemals mit diesem öligen Kerl in ein Bett steigen, vorher bringe ich mich und mein Kind um. Jetzt, wo Toni nicht mehr ist, glaubt er erst recht, dass er leichtes Spiel hat. Doch er darf dieses Haus niemals betreten. Ihr müsst mir das versprechen.«

Es war spürbar, dass Lucia unter Schock stand. Sie starrte sekundenlang ins Leere, bevor sie ihre Hand ebenfalls auf Fiorellas Arm legte. Während sie sprach, sah sie unentwegt Elmar an, der stumm nickte.

»Wir versprechen es dir. Hat er denn jemals versucht, sich dir zu nähern?«

Wieder kamen die Worte kaum verständlich aus der Armbeuge.

»Ja, einmal, als sich Toni am Strand um die Boote kümmerte. Ich dachte erst, dass er diesmal persönlich das Schutzgeld abholen wollte. Doch er wollte etwas anderes. Er machte mir das Angebot, dass er auf das Geld verzichten würde, wenn ich ihm ... ja, wenn ich ihm hin und wieder einen kleinen Gefallen erweisen würde. Ich werde niemals dieses schmierige Grinsen vergessen, das er in seinem hässlichen Gesicht trug. Ich habe ihn aufgefordert, das Haus zu verlassen. Das tat er zwar ziemlich wütend, hat aber nichts mehr gesagt. Zwei Wochen später fanden sie Toni im Wasser. Ich hasse diesen Mann wie den Teufel persönlich. Aber ich werde ihm nichts beweisen können. Er darf niemals wieder dieses Haus betreten ... ihr habt es mir versprochen.«

Mit den letzten Worten hob sie den Kopf und sah von einem zum anderen. Das Nicken der Freunde gab ihr Mut.

– Kapitel 13 –

Trotz geschlossener Augen spürte Elmar deutlich, dass er beobachtet wurde. Nur selten täuschten ihn seine Sinne, die ihn bisher sehr gut vor Gefahren gewarnt hatten. Er öffnete die Augen zu Schlitzen und beobachtete das Umfeld. Von seinem Schattenplatz auf der Sonnenliege aus, auf der er sich eine kurze Mittagspause gönnte, konnte er den gesamten Strandabschnitt sehr gut überblicken. Die meisten Gäste saßen inzwischen im Hotel beim Mittagessen, sodass halbwegs Ruhe herrschte. Selbst die ansonsten redseligen Italiener dösten bei der Mittagshitze auf ihren Stühlen oder verzehrten das mitgebrachte Essen.

Schnell hatte er den Commissario ausgemacht, der einen Tisch an Lucias Bagno besetzt hatte und ihn beobachtete. Der Espresso stand direkt neben einem Wasserglas. Als der Polizist bemerkte, dass Elmar ihn ansah, folgte das obligatorische, legere Tippen der beiden Finger an die Hutkrempe, was Elmar hasste. Ein innerer Zwang stemmte ihn vom Liegestuhl hoch, ließ ihn zum Tisch laufen.

»Darf ich mich für einen Augenblick dazusetzen, Commissario?«

84

»Aber sicher, mein Freund. Ich wollte sowieso mit Ihnen reden. Da müssten einige Fragen beantwortet werden, die sich in den letzten Tagen stellten.«

»Fragen? Sind das welche, die meine Person betreffen? Habe ich gegen ein Gesetz verstoßen? Klären Sie mich auf. Ich habe nichts zu verbergen.«

»Nein, nein, keine Sorge, Sie haben sich vorbildlich verhalten. Bisher wurden keinerlei Klagen laut. Es geht da mehr um kleine Ungereimtheiten, was Ihre Papiere betrifft. Wissen Sie, Signor, ich trage hier die Verantwortung für die rechtschaffenen Bürger der Stadt. Das ist nicht immer leicht und bedeutet, dass ich die Augen und Ohren offenhalten muss. Obwohl es keinen besonderen Grund gibt, Ihnen gegenüber misstrauisch zu sein, habe ich dennoch aus reiner Routine Ihre Anmeldedaten durch den Computer geschickt. Der hat mir auch bestätigt, dass es Sie tatsächlich gibt. Da gibt es nur eine winzige Kleinigkeit.«

An dieser Stelle machte Paretti eine Kunstpause und trank einen nicht mehr vorhandenen Rest seines Espressos aus. Die von ihm provozierte Nachfrage seitens Elmar blieb jedoch aus. Also fuhr er leicht irritiert fort.

»Sie werden sich sicher fragen, was das wohl sein könnte. Das will ich Ihnen gerne verraten. Nun bin ich immerhin schon fünfundfünfzig Jahre alt geworden und habe eine lange Erfahrung als Polizist. Aber das ist mir noch nie untergekommen.«

Wieder folgte diese Pause, die Elmar wiederum mit Schweigen füllte.

»Sie dürften hier in diesem Augenblick überhaupt nicht sitzen, weil es Sie nicht gibt. Sie besitzen keine Vergangenheit. Ich fand weder die Schule, auf der Sie Lesen und Schreiben lernten, noch gibt es Hinweise darauf, wo und wann ein Elmar Küper als Soldat diente. Auch im Melderegister der Stadt, die in Ihrem Pass als Geburtsort dokumentiert wurde, existiert zwar ein Elmar Küper. Der ist aber vor dreizehn Jahren verstorben. Für mich ist das heute ein großer Tag. Ich müsste mich eigentlich fürchten, denn ich spreche mit einem auferstandenen Geist. Wie sehen Sie das?«

Genau das war die Situation, vor der sich Elmar gefürchtet hatte, als er den gefälschten Pass erwarb. Natürlich gab es Fälscher, die ihr Handwerk perfekt beherrschten und dem Kunden sogar eine perfekte Vergangenheit, zumindest eine reale Existenz mitlieferten. Doch für diese Profis besaß er damals nicht genug finanzielle Mittel. Er hatte genau einen solchen Deppen erwischt, der ihm den Namen eines längst Verstorbenen verpasste. Jetzt stand er bis zur Unterkante Oberlippe in der Scheiße. Seinem Gesicht war nicht anzumerken, wie es in seinem Inneren arbeitete. Er blieb äußerlich völlig gelassen.

»Tja, jetzt haben Sie mich, Commissario. Haben Sie die Handschellen dabei, damit Sie einen ganz schweren Jungen verhaften können? Die Behörden in Deutschland werden sich bestimmt darüber freuen, dass sie endlich einen lange gesuchten Hühnerdieb hinter Schloss und Riegel bringen können. Gibt es denn wenigstens schon einen internationalen Haftbefehl, den Sie jetzt durchsetzen könnten? Ich meine, es ist ja auch wichtig, dass man solche schlimmen Finger wie mich schnellstmöglich wegsperrt.«

»Hören Sie besser auf damit, mich zu verhöhnen, Küper. Ich kann auch anders. Nur ein Anruf und Sie sitzen vorerst hinter Gittern. Was wird Ihnen zur Last gelegt? Sie sollten wissen, dass ich kein Unmensch bin und die Fünf auch mal gerade sein lasse. Ich war auch nicht immer ein Chorknabe, wissen Sie. Mit mir kann jeder reden, der seine kleinen Verfehlungen hinter sich gelassen hat und bereut. Es gibt immer Möglichkeiten, um mein Gedächtnis, sagen wir einmal, einzuschläfern. Sie verstehen, was ich meine?«

»Ich verstehe sehr genau, was Sie meinen, Commissario. Welche Summe haben Sie sich denn darunter genau vorgestellt? Ich werde mir das dann durch den Kopf gehen lassen und Ihnen meine Entscheidung mitteilen.«

Das ekelerregende Lächeln hatte sich im Gesicht des korrupten Polizisten eingefressen, während er unablässig die leere Espressotasse drehte. Er beugte sich über den Tisch, damit seine geflüsterten Worte wirklich nur Elmar erreichen konnten.

»Sie verstehen da etwas völlig falsch, mein junger Freund. Sie besitzen keinerlei Alternativen, Sie können sich das nicht mal eben durch den Kopf gehen lassen. Ich scheiße auf Ihre Entscheidung, denn die steht Ihnen nicht zur Verfügung. Das Ganze ist kein Scherz, eine Wahlmöglichkeit gibt es für Sie nicht. Fakt ist Folgendes. Ich verlange ab kommenden Monat dreißig Prozent Ihres Lohnes. Haben Sie mich verstanden? Dreißig Prozent ... jeden Monat ... bar auf die Hand. Dann wäre ich bereit, auf ein Auskunftsersuchen bei den deutschen Behörden zu verzichten. Setzen Sie mit den Zahlungen aus, wird auch mein Erinnerungsvermögen wieder aktiviert und ich werde dann sehr böse.«

Wäre man ein Tischnachbar, könnte man annehmen, dass dort zwei gute Freunde amouröse Erlebnisse austauschen würden. In Wirklichkeit belauerten sich dort zwei Männer, von denen jeder wusste, dass zwischen Ihnen niemals etwas anderes als abgrundtiefer Hass bestehen würde. Doch nur einer von ihnen hatte eine klare Vorstellung davon, wie variantenreich und erquicklich sich ein plötzliches Ende dieser Beziehung gestalten konnte. Lucias Ruf riss die Rivalen aus ihrer Lauerstellung. Die Pause war vorbei. Paretti warf Kleingeld auf den Tisch und deutete Lucia beim Weggehen eine Verbeugung an.

- Kapitel 14 -

Die Nachricht kam in einem neutralen Briefumschlag und ohne Absender auf den Tisch von Krassnitz, die jegliche Post für die Abteilung vorsortierte. Sie mochte diese Latex-Handschuhe nicht, die sie vorsichtshalber bei dieser Tätigkeit tragen sollte. Eine Allergie hatte sich mit der Zeit ausgebildet. Die Dienstpost kam auf einen Extrastapel, anonyme Briefe ebenfalls. Die Adresse war ausgedruckt und auf einen neutralen, weißen Umschlag geklebt worden, eigentlich nichts besonders Auffälliges. Ungewöhnlich war nur, dass diese Nachricht direkt an Oberkommissar Spelzer gehen sollte. Aber auch für alle persönlichen Anschreiben besaß sie das Einverständnis, sie zu öffnen.

Ein zweimal gefalteter DIN A 4-Bogen war ebenfalls von einem Computer erstellt und ausgedruckt worden. Mittlerweile kannte sie die am häufigsten genutzten Schriftarten und wusste sofort, dass es sich um die *Times* handelte. Was sie dort zu lesen bekam, weckte sofort ihr Interesse.

Sehr geehrter Herr Oberkommissar Spelzer

In den letzten Tagen hatte ich Besuch durch zwei Ihrer Mitarbeiter, die Erkundigungen einzogen bezüglich unserer ehemaligen Gruppe. Ihrer Behörde muss bekannt gewesen sein, dass wir noch bis vor wenigen Jahren Treffen veranstalteten, um tiefer in die Welt des Okkulten eintauchen zu können. Wir waren jung, neugierig und suchten nach Antworten, einer vielleicht verborgenen Wahrheit. Wir waren bereit, uns mit der Welt zu beschäftigen, in die wir alle einmal für immer eintauchen werden. Als wir schließlich feststellten, dass wir mit unseren Nachforschungen keine zählbaren Erfolge erzielten und bei Séancen nur unsere Zeit vergeudeten, verabschiedeten sich die ersten Freunde und suchten sich eine sinnvollere Beschäftigung.

Allerdings blieb neben uns ein harter Kern zusammen, der unbelehrbar war und sich intensiver der schwarzen Magie zuwandte. Als die kleine Gruppe damit begann, auf Opfersteinen unschuldige Tiere ausbluten zu lassen, trennten wir uns endgültig. Ich muss zugeben, dass ich das aus purer Angst vor dem tat, was dort beschworen werden sollte.

Damals schaltete sich ein Geistlicher ein, der versuchte, uns vor der Welt des Satans zu warnen. Er zeigte uns schlimme Bilder von Menschen, die dieser Welt verfallen waren. Die Sekten-Massaker in den Staaten hinterließen bei uns, die wir noch nicht das Band zur realen Welt durchtrennt hatten, sofort Wirkung. Doch für wenige von uns bedeutete das einen weiteren Antrieb. Sie verstärkten ihre Bemühungen, den Antichristen zu beschwören.

Nun las ich in der Zeitung, dass Pater Heumann auf grausame Art und Weise ums Leben kam. Er wurde förmlich hingerichtet. Sie werden verstehen, dass ich jetzt nicht mehr schweigen kann. Allerdings werde ich meinen Namen nicht preisgeben, da ich meine Familie schützen muss. Ich kann nicht sagen, ob diese kleine Gruppe auch heute noch besteht, oder ob sie sich ebenfalls auflöste. Fakt ist jedoch, dass mindestens zwei von denen als unbelehrbar und fanatisch einzustufen sind. Gerne würde ich Ihnen Namen nennen. Das konnte nur der Pater, der dazu eine Liste erstellte. Ihm allein wurde der reale Name verraten, vorausgesetzt, dass es der echte Name war. Untereinander vergaben wir uns Fabelnamen von Göttern, abtrünnigen Engeln oder Propheten. Unsere Gruppe nannte sich ARES, nach dem griechischen Gott des schrecklichen Krieges, des Blutbades und des Massakers.

Wenn Sie irgendwo in der Stadt Zeichen sehen, die einen Mann mit Speer, Schild und Helm bewaffnet zeigen, der auch noch von einem Hund oder einem Geier begleitet wird, dann wissen Sie, dass diese Fanatiker noch aktiv sind.

Ich hoffe, dass ich Ihnen helfen konnte. Ich wünsche mir, dass dieser Wahnsinn endet, bevor es zu weiteren Opferungen kommt.

Krassnitz spürte, dass sich Schweiß auf ihrer Stirn bildete, während sie die Zeilen las, die von großer Sorge geprägt schienen. Der Chef befand sich noch nicht im Hause. Deshalb begann sie damit, die Listen von Pater Heumann erneut durchzugehen. Da war sie, die Gruppe ARES. Zu ihr gehörten vier von der Liste der Hardcore-Jünger. Die Frage blieb weiterhin offen, ob sie ausgerechnet in dieser Gruppe den Killer finden würden. Doch zumindest war es ein vielversprechender Ansatzpunkt, der verfolgt werden sollte. Allerdings gab es von zwei Aspiranten keinerlei Adressen. Sie waren spurlos untergetaucht.

»Gut, dass Sie anrufen, Chef, ich habe einen Brief ...«

»Der kann warten, Krassnitz. Ich muss los und kann Ruhnert nicht erreichen. Versuchen Sie es bitte weiter. Wir brauchen ihn dringend am Tatort. Der soll sofort zum Halbachhammer ins Mühlbachtal kommen. Der weiß schon, wo das ist. Wir haben ein totes Kind und einen Tierkadaver. Ich fahre mit Doktor Hollmann sofort hin.«

»Eine Kinderleiche? Oh, wie schrecklich. Ich regel das schon. Soll Hörster auch kommen?«

»Nein, der soll sich weiter um die Befragungen kümmern. Das muss er heute allein durchziehen, oder er holt sich jemanden aus dem Team als Verstärkung. Ich melde mich später.«

Krassnitz starrte auf das Telefon, aus dem jetzt nur noch das Freizeichen erklang. Schon oft musste sie Meldungen über Leichenfunde weitergeben ... doch hier handelte es sich um ein unschuldiges Kind. Sie wagte sich kaum vorzustellen, in welche Beziehung sie den Tierkadaver mit dem toten Kind bringen musste. Als sich der kalte Schauer auf ihrem Rücken wieder etwas legte, versuchte sie, ihren Auftrag mit gewohnter Routine auszuführen.

»Was sind das da für Leute? Die sollen sich verziehen. Gaffer können wir jetzt nicht gebrauchen. Alles rundherum bitte sofort absperren.«

Polizeimeister Richter drehte sich in die Richtung, in die Sven gezeigt hatte.

»Das ist eine Reisegruppe aus Neviges, die heute Morgen hier im Halbachhammer eine Führung gebucht hatte. Ich werde die wegschicken. Dort neben dem aufstehenden Tor wartet der Herr Schüchtel auf Sie. Der leitet normalerweise die Führungen und hat die Leichen entdeckt. Nur Pech, dass er ausgerechnet heute sein Patenkind mitnahm. Das Mädchen müsste zumindest den Tierkadaver gesehen haben, bevor sie der Onkel wegführen konnte. Derzeit sitzt sie im Einsatzwagen und wird von einer Kollegin betreut.«

»Scheiße, Scheiße ... das auch noch. Wir gehen rüber. Also, ich will, dass rundum alles abgesperrt wird. Ihre Männer lassen niemanden in das Haus, außer der Spurensicherung natürlich. Danke, Richter.«

Einen kurzen Augenblick musste er durchatmen. Karin beobachtete ihn von der Seite. Ihre Stirn zeigte Falten.

»Ist was? Du möchtest mir doch etwas sagen, Karin. Lass es raus.«

»Ich mache mir Sorgen, Sven. Ich bemerke in der letzten Zeit, dass du die Dinge viel stärker, viel näher an dich heranlässt. Seit dieser Geschehnisse im Pehling-Keller bist du dünnhäutiger geworden. Du betrachtest die Fälle nicht mehr mit dem gebotenen Abstand. Der allgegenwärtige Tod macht dir neuerdings sehr zu schaffen. Kannst du meine Sorgen verstehen?«

Die einzige Antwort bestand aus einem flüchtigen Kuss und der Flucht nach vorne. Mit großen Schritten näherte sich Sven dem Fachwerkhaus, das einst die erste Schmiede der Familie Krupp darstellte und heute, nach einer umfangreichen Renovierung, der Öffentlichkeit als Museum zur Verfügung gestellt wurde.

Noch immer stieg leichter Rauch aus der breiten Feuerstelle, die in der Nacht noch in Betrieb gewesen sein musste. Über der jetzt erkaltenden Glut war der nackte Körper eines kleinen Jungen zu erkennen, den der oder die Täter an einer Kette darüber haben schweben lassen. Der Leib war über und über mit Blut besudelt. Alle, die sich im Raum befanden, hatten den Blick von dieser schrecklichen Szene abgewandt. Auch Sven hielt es nicht lange aus. Karin nahm ihn beiseite und schob ihn weg von der Kinderleiche. Sie selbst näherte sich dem Tatort und begann mit der ersten Sichtung. Nach geraumer Zeit vernahm sie Svens Frage direkt hinter sich.

»Hat der Junge sehr gelitten?«

»Das ist wirklich schwer zu sagen. Ich kann bisher erkennen, dass das Kind zumindest nicht verbrannt wurde. Ihm wurde die Halsschlagader durchtrennt, sodass ein Entbluten stattfand. Da sich der Körper allerdings über der Feuerstelle befand, traten selbstverständlich Verbrennungen auf, die aber nicht die Todesursache waren. Vor allem in dem Bereich, der dem Feuer am nächsten war, sind lehmfarbige Flecken in Haut und Unterhaut erkennbar. Die Eiweißgerinnung, die dafür verantwortlich ist, entsteht schon bei Temperaturen von über zweiundsechzig Grad. Gleichzeitig sind auch Blasen erkennbar, die aber auch schon bei Gletscherbrand oder bei zu viel Höhensonne entstehen können. Das Kind wird, wenn es Glück hatte, an der Rußaspiration, also dem Einatmen von Rauch- und Schwefelgasen, gestorben sein. Eigentlich ein gnädiger Tod.

Eines steht jedenfalls fest. Der größte Teil des Blutes am Körper stammt nicht von dem Kind selbst. Es wurde ihm, weit nachdem das Feuer heruntergebrannt war, über den Leib geschüttet. Es dürfte von der schwarzen Ziege stammen, die dort drüben auf dem hölzernen Ambossarm liegt.

Auch der hat man die Halsschlagader durchtrennt. Aber lass uns bitte hier rausgehen. Du bist ja kreideweiß und kippst mir gleich aus den Latschen. Ich werde dir erst später genaue Ergebnisse liefern können. Jetzt lass Ruhnert und seine Mannschaft mal ran. Die kommen gerade über den Vorplatz.«

- Kapitel 15 -

Das Meeting begann am heutigen Tag ohne jegliche Flachserei. Der Leichenfund am Halbachhammer drückte erheblich auf die Stimmung. Selbst der Kriminalrat, der ansonsten immer einen Joke zur Begrüßung drauf hatte, setzte sich mit ernster Miene an den Kopf des langen Besprechungstisches. Alle warteten noch auf Oberkommissar Spelzer, der heute Morgen Doktor Hollmann wegen der Untersuchungsergebnisse mitbringen wollte. Die leise geführten Gespräche brachen ab, als die beiden endlich zur Tür hereinkamen.

»Tut mir leid, Herrschaften, dass Sie warten mussten, aber der Verkehr ... Sie kennen das ja rund ums Klinikum. Lassen Sie uns mit dem Bericht von Doktor Hollmann anfangen, da sie noch eine Menge Arbeit vor sich hat.«

»Es fällt mir heute nicht so ganz leicht, diesen Fall emotionslos vorzutragen. Ich bin selbst sehr betroffen, denn Kinder habe ich nicht allzu oft auf dem Tisch. Zumindest nicht mit diesen Verletzungen.

Die Erkenntnisse, die ich bereits kurz nach dem Fund am Tatort äußerte, haben sich nach der Untersuchung des Körpers fast ausnahmslos bestätigt. Der oder die Täter haben den Jungen, der etwa sechs bis sieben Jahre alt sein müsste, noch lebend an dieser Kette befestigt und über das Kohlebecken gehängt. Dabei erlitt der Junge mittelschwere Verbrennungen, die zu Blasenbildungen führten. Wie lange der Körper der Hitze ausgesetzt war, lässt sich nicht zweifelsfrei feststellen, da die Kontaktdauer, bis Blasen entstehen, von sofort bis zu mehreren Tagen andauern kann. Die Hitzeeinwirkung kann nicht überaus hoch gewesen sein, da ich noch keine Muskelverkürzungen feststellen konnte, die bei schwersten Verbrennungen zur bekannten Fechterstellung führen. Die wiederum entstehen bekanntermaßen durch Eiweißgerinnung.

Wie ich schon vermutete, konnte ich starke Spuren von Ruß in der Lunge, im Kehlkopf, bis in den Magen und den Dünndarm nachweisen. Das Kind könnte ohnmächtig geworden sein, als es die Rauch- und Schwelgase aspirierte. Das hat vielleicht lang anhaltende Schmerzen erspart.

Der Täter hat schließlich dem Kind die Halsschlagader geöffnet und es wie ein Tier auf dem Schlachthof entbluten lassen. Das, so denke ich, ist der Höhepunkt des Opferrituals. Warum diesem armen Wesen anschließend noch das Blut einer Ziege über den Körper gegossen wurde, mag für das Ritual eine besondere Bedeutung haben. Ich denke, dass man damit möglicherweise die Unschuld des Kindes besudeln will.

Erstaunlicherweise habe ich diesmal keinerlei Symbole gefunden, die bisher bei den anderen Opfern sehr deutlich erkennbar waren. Das wäre es für den Augenblick. Wenn Sie keine weiteren Fragen zur Obduktion haben, würde ich den Bericht gerne hierlassen und mich an die Arbeit machen. Da warten noch einige Körper auf mich, die halbwegs normal den Tod fanden.«

Noch nachdem Karin den Raum längst verlassen hatte, saßen die Teammitglieder schweigend am Tisch, bis Fugger endlich die Stille mit einer Frage zerriss.

»Können wir zweifelsfrei diesen jüngsten Fall mit den Opferungen der letzten Tage zusammenbringen? Wie schätzen Sie alle diese neue Situation ein? Spelzer, los, raus damit!«

»Ich würde mich doch sehr darüber wundern, wenn wir es mit mehreren Tätern zu tun hätten. Dafür liegen mir die Fälle zu nah beieinander, zeitlich, wie auch örtlich. Außerdem deuten die Mordmerkmale auf ein und dieselbe Person hin. Ich befürchte, dass der Täter mit der Opferung des Kindes einen bedeutenden Schritt getan hat. Wenn wir auf den Kalender schauen, werden wir heute den zweiten August sehen. Am Tag davor feierten die Kelten das Fest Lughnasadh, an dem es der Sage nach den Menschen möglich sein soll, mit der Anderswelt, wie sie die Welt der Feen nannten, in Verbindung zu treten. An diesem Tag werden sogar in abgelegenen Teilen Irlands Tier-Opferungen vorgenommen und Holzstöße angezündet. Die Satanisten meinen, dadurch auch die Verbindung zu Satan herstellen zu können.«

»Ein interessanter Aspekt, mit dem Sie wohl auch richtig liegen könnten, Spelzer. Lauert denn in absehbarer Zeit ein weiteres, gefährliches Datum auf uns?«

Hier sah Krassnitz ihre Chance.

»Am vierundzwanzigsten August wird das Bartholomäusfest gefeiert. Bis dahin sollten wir dieses Tier hinter Schloss und Riegel haben. Mir fiel übrigens noch etwas auf zu den elf verdächtigen Personen. Das sind durchweg Singles. Das bestätigt die These, dass sich diese Anhänger des Satanismus weitestgehend selbst sozial isolieren. Ich habe gelesen, dass sie eine gesteigerte Gewaltbereitschaft zeigen, die ihnen jegliches Gefühl wie Mitleid, Liebe oder Rücksichtnahme sogar gegenüber Kindern nimmt. Wundern wir uns also nicht darüber, dass keiner mit denen zusammenleben will. Es sei denn, er denkt und fühlt genauso.

Zwei Männer sind besonders auffällig geworden, da man sie bei Tieropferungen erwischt hat. Einer von denen brach sogar in eine Kirche ein und beschädigte den Altar. Er hat versucht, das Kreuz abzufackeln, wurde aber vom Küster überrascht. Genau der ist aber seitdem wie vom Erdboden verschluckt. Ich habe entsprechende Infos auf den neuen Listen vermerkt. Man hat damals sogar versäumt, Fotos von dem Spinner zu machen. Wir suchen folglich nach einem Phantom.«

»Danke, Krassnitz. Hörster, Sie und die Kollegin Reitz werden sich der Sache annehmen und Bildmaterial beschaffen. Schule, Kreiswehrersatzamt und was sich da noch so anbietet. Wäre doch gelacht, wenn sich jemand in diesem Musterstaat so einfach verpissen könnte. Ich kümmere mich um die Familie des Jungen. Die haben sich noch für heute Spätnachmittag angemeldet. Gibt es noch weitere Ansatzpunkte?«

Spelzer sah in die Runde und bemerkte ein Zögern bei Hörster.

»Sie möchten doch bestimmt noch was loswerden, Hörster. Ihr Hals schwillt bereits an! Sie wissen doch als erfahrener Kripomann, dass jede Kleinigkeit wichtig sein kann.«

»Ich habe mir mal Gedanken zu dem Gruppennamen gemacht. Die nannten sich doch *Ares*, laut diesem seltsamen Brief, oder? Das war doch laut der griechischen Mythologie der Gott des Krieges, des Gemetzels. Das hat man sich doch nicht ohne Grund ausgesucht. Das klingt mir derart martialisch, dass sich eventuell ein Bezug auf die Führungsperson herstellen lässt. Das könnte doch ein Soldat, ein Söldner gewesen sein, wer weiß. Ich möchte mal in dieser Richtung recherchieren.«

Fugger klopfte auf den Tisch und stemmte sich hoch.

»Das ist zumindest eine Spur, der wir nachgehen sollten. Ich sehe nun der Tortur des Pressetermins entgegen. Die Vögel gönnen uns nicht einmal einen normalen Feierabend. Kommen Sie Spelzer? Ich brauche Rückenstärkung.«

- Kapitel 16 -

Hörster und die Kollegin Reitz kannten sich schon von der Polizeischule und blickten bereits auf einige gemeinsame Einsätze zurück. Lina, wie sie von den Kollegen genannt wurde, zog noch ein letztes Mal an der Zigarette, bevor sie ausstieg und die Kippe mit dem Absatz ihrer Sportschuhe zertrat. Niemand nannte sie bei ihrem vollen Namen. Wer sie trotzdem Paulina nannte, erntete zumindest einen bösen Blick und hatte sich die Sympathien für ungefähr zwei Wochen verscherzt. Neben Hörster stehend, musterten sie den hässlichen Wohnblock, der nur dadurch Leben signalisierte, dass auf einzelnen Balkonen Wäsche hing. Nur wenige Autos und Fahrräder gammelten vor sich hin, waren zwischen dem angesammelten Müll abgestellt worden.

»Ein Haus, wie aus einem Horrorfilm,« meinte Lina, als sie darauf zugingen.

Die Adresse stimmte, nur der Name war auf keinem Klingelschild zu finden. Von den dreißig Schildern enthielten nur acht einen halbwegs lesbaren Namen. Nach dem dritten, vergeblichen Klingeln, lehnte sich Hörster entnervt gegen die Haustür, die sofort nachgab.

»Siehst du ... geht doch! Es geht doch nichts über die unbändige Körperkraft eines richtigen Mannes.«

Lina konnte sich ein Lachen nicht verkneifen, als sie in das erstaunte Gesicht ihres Partners blickte. Sofort empfing sie ein ohrenbetäubender Lärm, der von oben kommend durch das gesamte Treppenhaus dröhnte.

»Mach endlich diese verfickte Musik leiser, sonst komme ich rauf und hau dich wat auf die Fresse!«

»Fick dich, du Schwuchtel!«

Der Dialog endete mit dem lauten Zuschlagen einer Tür. Lina zuckte mit den Schultern, konzentrierte sich aber bereits auf die Kontrolle der Schildchen an den Briefkästen. Wieder fehlte der Name des Gesuchten. Aus dem Treppenhaus waren Schritte zu hören. Als Hörster zur ersten Zwischenetage hochsah, bemerkte er den knochigen Hippie, der gerade über einen abgestellten Kinderwagen hinwegstieg, von dem man die Räder abmontiert hatte.

»Dreckskarre. Dem Kerl sollte man die Eier abschneiden, damit der sich nicht weiter vermehren kann.«

Erst jetzt bemerkte er die beiden Besucher, die schon vom Äußeren absolut nicht zum Haus passten. Kurz hielt er inne, als würde er Witterung aufnehmen. Hörster hielt ihn am Arm zurück, als sich der spindeldürre Mann an ihnen vorbeidrücken wollte.

»Könnten wir Sie etwas fragen? Dauert nur einen Moment.«

Der Hippie sah empört auf Hörsters Hand, die immer noch seinen Arm umfasste.

»Seid ihr Bullen? Ihr seht wenigstens danach aus. Ich weiß absolut nix.«

»Sie haben recht, junger Mann. Wir sind Bullen. Wir sind sogar von der Mordkommission und hätten eine Frage an Sie. Geht schnell und tut gar nicht weh. Das ist auch kein Eignungstest für die Jobvermittlung. Können Sie mir sagen, ob eine dieser Personen hier im Haus wohnt?«

Lina steckte ihre Polizeimarke wieder weg, die sie dem übel riechenden Kerl gleichzeitig mit der Namensliste unter die Nase hielt. Es dauerte eine kleine Weile, bis sich sein Mund schloss und die beiden gelben Zahnreihen wieder verdeckte. Der Würgereiz reduzierte sich bei Lina wieder auf einen Grenzwert.

»Kenn hier keinen von den Arschlöchern im Haus. Ich kümmer mich nicht um die Wichser, dafür lassen die mich auch in Ruhe.«

»Wer sind die denn, um die Sie sich nicht kümmern? Steht einer von denen hier auf der Liste?«

Lina wusste, wie man mit diesen Leuten umging, sie gab nicht auf.

»Ich kenn nur den da. Das müsste dieser durchgeknallte Typ sein, der unten fast alle Kellerräume besetzt hat. Mit dem will keiner was zu tun haben. Selbst nennt der sich Luzi. Mit dem spricht hier im Haus keiner. Der spinnt total. Kann ich jetzt endlich ...?«

»Haben Sie den heute schon gesehen? Wo genau finden wir denn diesen Luzi?«

Der knochige Finger zeigte auf eine Stahltür, die seitlich in die Kellerräume führte. Dabei konnten die beiden Kripoleute eine Hand bewundern, auf der nur noch wenige Stellen Platz für weitere Tattoos boten. Mit zusammengezogenen Schultern eilte der Informant durch die Haustür in die Freiheit, vergaß dabei, den üblen Geruch von Schweiß und kaltem Urin mitzunehmen. Hörster und seine Partnerin stimmten sich mit Blicken ab und näherten sich der Tür. Hörster legte das Ohr daran und winkte Lina herbei. Auch sie vernahm jetzt die leisen Töne, die man mit viel Fantasie als Musik bezeichnen mochte. Wieder nur ein Blick, auf das Linas Kopfnicken folgte.

Hörster klopfte energisch gegen die Türfüllung. Die vorläufige Reaktion beschränkte sich auf Stille. Die Musik verstummte.

»Na immerhin etwas.«

Lina hämmerte ihre Faust gegen den Stahl und wartete ab, was weiter geschah. Als sie schon den Mund geöffnet hatte, um kundzutun, dass es sich bei dem Besuch um die Polizei handelte, glitt die Tür einen Spalt auf. Vorsichtshalber traten beide einen Schritt zurück und legten die Hände auf ihre Waffen. Der Geruch von Rauch, vermischt mit Düften, die ihnen noch nie untergekommen waren, drang durch den Spalt. Es war nicht erkennbar, wer ihnen geöffnet hatte. Hinter der Tür blieb es still. Hörster platzierte sich neben der Tür, nachdem er seine Waffe gezogen und entsichert hatte. Lina tat es ihm gleich, zog jedoch die Tür weiter auf. Nun konnten beide einen Blick in das nur schwach beleuchtete Dunkel des Flures werfen.

An verschiedenen Ecken im Hintergrund blitzte hin und wieder ein leuchtendes Rot oder Orange auf, flackerte eine Weile und verlosch wieder. Niemand war zu sehen. Stille beherrschte die Szene, die eine Spannung bei den Kripoleuten aufbaute, die sie immer dann spürten, wenn sich Gefahr näherte. Beide umfassten ihre Waffen fester. Die

Knöchel der Finger traten weiß hervor. Sie stimmten sich immer wieder neu mit Blicken ab, wer welche Seite des Flures sicherte. Ein Scharren am Ende des Flures ließ sie stoppen. Dieser Geruch von Rauch wurde jetzt intensiver, erfüllte mittlerweile den gesamten Raum. Beide glaubten sogar, das qualvolle Miauen einer Katze gehört zu haben. Schritt für Schritt näherten sie sich einem grob zusammengezimmerten Durchgang, der lediglich aus Latten bestand und die eingeschränkte Sicht in einen großen Raum erlaubte. Lina stockte der Atem, als sie den großen Altar erblickte, vor dem eine schwarze Katze auf dem Rücken lag, deren Glieder mit Seilen an Metallhaken befestigt waren. Diese waren in den Boden eingelassen worden. Immer wieder kam das Wehklagen aus dem Maul des armen Tieres. Aus dem aufgeschnittenen Bauch trat unentwegt neues Blut heraus. Lina hielt schützend die Hand vor den Mund, um ein Erbrechen zu vermeiden.

Wieder war es der geübte Blick, mit dem sich die beiden darüber verständigten, dass Hörster das SEK anfordern sollte. Vorsichtig zog er das Telefon aus der Seitentasche und wählte die erste Ziffer, als er das Entsetzen in Linas Augen aufflammen sah. Er bekam nicht mehr mit, dass seine Kollegin die Waffe fallen ließ und mit verdrehten Pupillen zu Boden sank. Er würde niemals davon erfahren, dass sich eine angespitzte Eisenstange in seinen Nacken bohrte, die weit aus dem offenen Mund herausragte. Der Tod befreite den Beamten in Bruchteilen von Sekunden von aufsteigenden Schmerzen.

Lina wäre für diese Gnade dankbar gewesen, denn ihr Weg führte sie weiter - geradewegs in die Hölle.

- Kapitel 17 -

»Seit wann ist die Verbindung abgebrochen? Wann haben sich die beiden zum letzten Mal gemeldet?«

Sven lief wie ein eingesperrter Tiger durch das Büro. Die gesamte Mannschaft hatte sich eingefunden. Selbst Oberkommissar Krüger von der Drogenabteilung stand im Hintergrund. Immer wenn einem der Kollegen was passierte, ging das wie ein Sturm durch das gesamte Präsidium. Es herrschte höchste Alarmstufe. Kriminalrat Fugger hatte seinen Skatabend abgesagt und redete beruhigend auf Krassnitz ein, die mit tränenfeuchten Augen aus dem Fenster starrte. Hörster war es, der sie damals herzlich in der Abteilung begrüßte und in die Geheimnisse der Kommunikation zwischen den Kollegen einweihte. Sie hätte sich keinen besseren Kameraden wünschen können. Sie spürte intuitiv, dass ihm und seiner Kollegin etwas Schreckliches zugestoßen sein musste. Wieder kaute sie an den Nägeln, wobei die Finger jetzt erste Blutspuren zeigten.

»Wo sind die Einsatzpläne, verdammt noch mal? Kann mir mal jemand diese verfluchten Einsatzpläne zeigen? Ich will jetzt sofort wissen, welche Liste die beiden durchgegangen sind. Krassnitz, wo bleiben diese Listen? Wir haben keine Zeit, den vermeintlichen Verlust zweier Kollegen zu beweinen. Wir müssen und werden sie finden ... lebend!«

Die letzten Worte schrie er dermaßen laut, dass jegliches Gespräch verstummte. Alle Blicke richteten sich auf Krassnitz, die sich mit beiden Händen durch das Haar fuhr und mit dem Ärmel die Augen trocken wischte.

»Sofort, Chef, sofort. Nur einen Augenblick noch.«

Es dauerte nur Sekunden, bis sie mit verweinten Augen zum Besprechungstisch eilte und die Listen neben die ausgebreitete Stadtkarte legte. Der Ring der Kollegen zog sich enger um den Tisch.

»Ja klar, die beiden hatten diese Gruppe Ares ins Visier genommen. Gibt es an deren Arbeitsplatz Notizen, die uns helfen könnten? Die werden doch ihre Fortschritte irgendwo dokumentiert haben. Hörster hatte doch diese Option mit der Kampferfahrung erwähnt. Hat es zu Ergebnissen geführt? Bewegung Leute, es geht vielleicht um Minuten.«

Sven schlug mit der Faust auf den Tisch, sodass sämtliche Gläser und Tassen hochschnellten. Es war Fugger selbst, der mit einem Zettel winkend zurückkam.

»Hörster hat da etwas Handschriftliches. Ich kann das Geschmiere nicht lesen. Kennen Sie die Handschrift ...?«

Sven riss ihm den Zettel aus der Hand und versuchte, das Gekritzel zu entziffern. Verzweifelt starrten alle auf Krassnitz, die ihm das Papier vorsichtig aus der Hand nahm und mit der Übersetzung begann.

»Hier steht was von ISAF und Afghanistan. Dann entziffere ich Meymaneh und dann tippe ich auf 209. Korps. Mehr ist nicht zu erkennen. Hilft das weiter, Chef?«

»Sehr gut, Krassnitz. Alles hilft derzeit weiter. Ich will jetzt wissen, ob einer, der auf dieser Liste steht, in diesem Korps gedient hat und mittlerweile in dieser Gegend wohnt. Los, los ... und das Ganze bitte gestern!

Herr Kriminalrat, könnten Sie sich da einschalten? Ich weiß aus Erfahrung, wie schwer es ist, Daten von dem Bundeswehrsauhaufen zu bekommen. Wie Hörster daran kam, entzieht sich meiner Kenntnis. Wir müssen bis ganz nach oben, notfalls bis ins Verteidigungsministerium. Von mir aus holt mir Ursula von der Leyen aus den Federn ... ich will diese Auskunft.«

Alle im Raum waren froh darüber, irgendwas unternehmen zu können. Untätigkeit war wie moderne Folter. Die Schreibtische und Computer der beiden vermissten Kollegen wurden unter die Lupe genommen.

»Spelzer, wir könnten da was Brauchbares haben. Ich habe den Polizeipräsidenten eingespannt, der da einen Golfpartner hat, der jemanden im Ministerium kennt, usw. Der versprach, die Liste weiterzugeben und uns sofort zu informieren, sobald die Genehmigung vorliegt. Jetzt heißt es warten. Können wir denn nicht parallel was anderes tun?«

»Danke, Chef. Ich habe mir das schon gedacht, dass diese Büroärsche erst ihre Vorschriften studieren müssen. Das kann dauern, zumal die da Einsätze fahren, die wahrscheinlich nirgends dokumentiert werden. Das trifft auch auf die Beteiligten zu. Da können wir lange warten.

Beim Studieren der Liste fiel mir auf, dass die beiden nach einem bestimmten Muster vorgegangen sind. Ich habe die stündlichen Meldungen auf der Karte festgehalten, dafür jedes Mal ein Fähnchen gesetzt. Kommen Sie, ich zeig's Ihnen. Es könnte ja sein, dass die beiden Hinweise bekommen haben von jemanden, der zur Gruppe gehörte. Dann waren die gar nicht auf Informationen aus dem Ministerium angewiesen. Zugegeben, alles nur Theorie, aber immerhin eine Chance. Ich werde mich mit meinen Leuten nun auf die Spur derer begeben, die schon besucht wurden. Vielleicht haben wir Glück und erfahren das Gleiche wie sie.«

»Großartig, Spelzer. Wenn Sie Männer brauchen, sagen Sie sofort Bescheid. Das ganze Präsidium steht wegen der neuen Lage Gewehr bei Fuß. Los, worauf warten Sie noch?«

Das Haus, in dem die Familie Kordula wohnte, lag etwas zurückgesetzt in der Weizenstraße. Ein Stadtteil, in dem sich nicht gerade die Oberschicht ansiedelte, doch sah es hier recht gepflegt aus. Karin hatte sich angeboten, Sven am Abend zu begleiten. Das geplante Abendessen beim Griechen fiel eh aus. Während beide sich beeilten, die Reste ihres Burgers hinunter zu würgen, betrachteten sie aus dem Auto heraus den Eingang des Hauses. Zwei ältere Damen, die rein optisch gut als Zeugen Jehovas durchgegangen wären, verließen das Grundstück. Der sehr große Mittvierziger, der ihnen von der Haustür aus nachwinkte, verschwand wieder im Inneren.

»Das muss dieser Freddy Kordula sein. Da wette ich drauf. Der sieht schon unheimlich aus.«

»Du solltest noch an deiner Voreingenommenheit arbeiten, mein Freund. Das kann mal ganz schön in die Hose gehen. Ich möchte nicht wissen, welche Meinung du von mir hattest, bis du feststellen durftest, dass du auf einen Engel getroffen bist.«

Karin wartete Svens Antwort nicht ab und verließ den Wagen. Die Klingel musste selbst Tote wieder zum Leben erwecken. Erneut erschien dieser riesige Kerl, dessen muskulöser Oberkörper jetzt aber nur noch von einem Doppelripp-Unterhemd verdeckt wurde. Der Blick hätte zumindest schreckhafte Vertreter sofort in die Flucht geschlagen, nicht aber Sven Spelzer. Popeye starrte auf die Polizeimarke, ohne auch nur eine Miene zu verziehen.

»Was wird das jetzt? Habt ihr euch auf mich eingeschossen? Wie viele von euch kommen noch? Ich habe bereits alles gesagt, was ich weiß. Jetzt kommt gleich die Sportschau und ich hab Hunger.«

»Es tut mir auch sehr leid, dass wir Sie noch mal belästigen müssen, aber es gibt da ein Problem, bei dem Sie uns eine große Hilfe sein könnten. Dürfen wir reinkommen?«

Obwohl sein Gesicht genau das Gegenteil ausstrahlte, trat er einen Schritt zurück und deutete mit einer Kopfbewegung ins Haus. Der Flur war angefüllt mit dem Duft von frischen Bratkartoffeln. Das Brutzeln aus der Küche war deutlich zu hören, aber auch die Stimme der Hausherrin.

»Wer ist da, Freddy? Das Essen ist gleich fertig.«

»Ja, ja, ist ja gut. Die Polente ist noch mal hier. Dauert nicht lange.«

Karin konnte sich ein Grinsen nicht verkneifen, als sie das Zucken bei Sven bemerkte, sie beugte sich dicht an sein Ohr.

»Den Ausdruck habe ich schon ewig nicht mehr gehört. Wir befinden uns im Pott, das kenne ich sonst nur aus Berlin.«

»Wat is denn nu? Sie sprachen von einem Problem.«

Die Vorfreude auf leckere Bratkartoffeln ließ Freddy jeglichen Anstand vergessen. Er bot den Besuchern keinen Platz an, wartete neben der Couchgarnitur.

»Wir entnehmen unseren Unterlagen, dass ein Kollege, der Kommissar Hörster und eine Kollegin gestern Nachmittag bei Ihnen waren. Wir wollen mit offenen Karten spielen und Sie wissen lassen, dass wir die beiden vermissen. Sie werden verstehen, dass wir jetzt jeder Spur nachgehen, die dieses Rätsel lösen könnte.

Würden Sie uns bitte wiederholen, worüber Sie gestern gesprochen haben? Es kann ja eigentlich nur Ihre Zeit in der Gruppe Ares betroffen haben, oder irre ich mich da? Jede Kleinigkeit ist wichtig.«

Plötzlich entspannte sich das bisher abweisende Gesicht. Freddy bot ihnen einen Platz an.

»Dat is ja nun richtig Scheiße gelaufen. Ich hab dat geahnt, hab dat sofort gewusst. Dat konnte ja nich gut gehen. Dieser Saukerl war damals schon ein Teufel. Den mochte keiner und wir waren alle froh, als der dann endlich nach die Soldaten abhaute.«

»Moment, Sie sagten, dass dieser Typ Soldat wurde? Wissen Sie zufällig auch, wo der eingesetzt wurde? Ich meine, in welchem Land der seinen Dienst ableistete? Das ist sehr wichtig für unsere Ermittlungen.«

»Der is ja zwischendurch mal zurückgekommen und hat uns die Hucke vollgelogen, wat der da allet erlebt hat. Wir haben dem Sack kein Wort geglaubt. Hunderte von Talibans will der umgelegt haben. Verdammt, dat war doch eine ISAF-Truppe. Als der auch noch anfing, dat er in Afgha-

111

nistan in sonne dunkle Höhle eingesperrt, also verschüttet war und da mit irgendwelchen Gespenstern gequasselt hat, hatte der bei uns komplett ausgeschissen. Wir sind doch nicht bescheuert.«

Die schrille Stimme aus der Küche ließ ihn aufhorchen.

»Freddy komm jetz, die Kartoffeln und dat Kotelett werden kalt. Willse nen Bier dazu?«

»Stell dat Zeug noch nen Moment warm. Wir sind gleich hier fertig.«

Sven musste seine Ungeduld unterdrücken, legte sofort wieder los, als der Dialog innerhalb der Familie endete.

»Wer auf der Liste war das denn? Können Sie uns den zeigen und haben Sie zufällig eine Ahnung, wo der heute wohnen könnte?«

Mehrfach las Freddy über die Liste und wiegte den Kopf hin und her.

»Ich hab dat schon dem Hörster gesagt, dat ich mir da nich so ganz sicher bin. Die richtigen Namen kannten wir eigentlich gar nicht. Jeder hat sich einen Namen ausgesucht, meistens war dat irgend so ein Gott aus Griechenland oder ein böser Engel, wie son Gabriel. Ich meine aber, dat der dat hier war. Ich schreib euch auf, wo der früher wohnte. Ob sich dat Arschloch da immer noch rumtreibt, kann ich nich sagen.«

»Kommse jetzt endlich, Freddy? Sonst werd ich sauer.«

»Sind schon fertig hier, Häschen. Die wollen gerade gehen, Moment noch.«

»Sollte Ihnen zu diesem Typen noch was einfallen, mag es noch so nebensächlich erscheinen, rufen Sie mich an ... Tag oder Nacht, das ist egal. Hier ist meine Karte.«

Sven atmete tief durch, als er endlich an der frischen Luft war und mit Karin zum Auto marschierte. Der Anruf von Krassnitz erreichte ihn, als er gerade die Wagentür öffnen wollte.

»Man hat Hörster gefunden. Das ist so schrecklich. Sie müssen sich das unbedingt ansehen.«

- Kapitel 18 -

»Du musst hier abbiegen. Die Arenbergstraße geht hier am Müllheizkraftwerk entlang. Ich seh die Kollegen schon da hinten, wo die Baumreihen beginnen.«

Karin zeigte in die Richtung, aus der sie blaue Einsatzlichter aufblitzen sah. Auf der Fahrt hierher vermied sie jegliche Unterhaltung, nachdem sie in Svens Gesicht dieses Gefühlschaos erkannte. Es war eine Mischung aus Hass, tiefer Trauer und wilder Entschlossenheit. Jetzt, das wusste sie, war dieser Mann unberechenbar.

»Wo liegt er?«

Sven ignorierte den Gruß des Polizisten, der ihm das Absperrband anhob, lief weiter in die Richtung, die ihm angezeigt wurde. Kurz vor der Plane, unter der er Hörster vermutete, blieb er stehen und blickte in den Himmel. Jede Unterhaltung der umstehenden Einsatzkräfte verstummte. Alle spürten, dass es ein besonderer Augenblick war, den dieser Mann durchleben musste. Sven schämte sich seiner feuchten Augen nicht, obwohl seine Lippen entschlossen zusammengepresst waren. Ein Ruck ging durch seinen Körper, als er sich bückte und die Plane zurückriss.

» N e i n ! «

Dieser Schrei, der den gesamten Schmerz des Mannes ausdrückte, schallte über das Gelände, lähmte jede Bewegung. Jetzt war es an der Mannschaft, den Blick zu senken. Niemand konnte seine Gefühle wirklich unterdrücken. Harte Männer traten verlegen auf der Stelle und vergruben die Hände in den Hosentaschen. Nur Karin trat an Sven heran, kniete sich neben ihn und legte die Arme um seine Schultern. Keiner wagte zu sprechen, während der kräftige Körper dieses als überhart bekannten Polizisten in einem Weinkrampf zuckte.

Auch Karin konnte ihre Emotionen nicht völlig verbergen, als sie das betrachtete, was noch vor Stunden einen netten, hilfsbereiten Kollegen ausmachte. Noch immer ragte diese verfluchte, angespitzte Stange aus der Mundhöhle des Mannes, hatte die gesamte obere Zahnreihe, die Oberlippe und die Nase herausgestoßen. Jemand hatte ihm ein eisernes Kreuz durch den Nacken gestoßen und es sogar während des Transportes dort belassen, sicher nicht ohne triftigen Grund. Für Karin stand fest, dass Hörster hier nur abgelegt wurde, dies nicht der Tatort war. Dafür fand sie keinerlei Blutspuren.

Svens Körper straffte sich urplötzlich. Der Blick, mit dem er jetzt Karin ansah, machte ihr Angst, da er etwas zeigte, das sie bisher noch nie an ihm bemerkt hatte. Abgrundtiefer Hass fraß sich tief in seine Züge. Sie nahm vorsichtig die Arme zurück, mit denen sie ihn umklammert hielt. Trotz der Veränderung nahm sie dankbar wahr, wie seine Hand über ihre Wange glitt. Wie ein Rachegott erhob er sich, den Blick starr auf den Leichnam gerichtet.

Du warst ein guter ... nein, du warst mein bester Freund. Niemals werde ich vergessen, dass ich dir mein Leben verdanke. Ich schäme mich, weil ich deines nicht beschützen konnte. Aber ich verspreche dir, dass ich dieses Tier jagen werde. Und wenn es das Letzte sein wird, was ich auf dieser Erde tun werde. Bei Gott, ich schwöre es. Ich werde ihn kreuzigen, ihn dahin zurückbefördern, wo er herkam. Er hat sich mit dem Satan verbündet. Jetzt wird er zu spüren bekommen, dass wir Menschen noch grausamer sein können als sein Verbündeter.

Sven winkte Karin heran, nahm sie in den Arm und blickte minutenlang schweigend auf den Mann, der ihn damals, unter Einsatz seines eigenen Lebens, aus den brutalen Händen des Serienmörders Pehling befreite. Über Karins Rücken zog sich ein kalter Schauer. Etwas ging in diesem Mann vor. Er zeigte ein bisher unbekanntes Inneres. Seine Freundlichkeit war in diesem Augenblick aus dem Gesicht verschwunden, hatte einem Hass Raum gegeben, der ihn unberechenbar machte.

Ruhnerts kleine, fleischige Hand legte sich auf Svens, blieb dort einen Augenblick liegen. Sanft drängte er das Paar schweigend zur Seite, um mit seinen Leuten die Arbeit aufnehmen zu können. Auch ihm war anzumerken, wie schwer ihm diese Aufgabe heute fiel.

»Spelzer, jetzt hören Sie mir doch endlich zu. Bleiben Sie verdammt noch mal stehen!«

Fugger, der es sich nicht nehmen ließ, den Fundort aufzusuchen, riss Sven zurück, der auf seinen Wagen zustrebte.

»Sie müssen jetzt vernünftig sein. Sie sind immer noch Polizist und ich erwarte von Ihnen, dass Sie funktionieren. Ich kann gut verstehen, dass Ihnen dieser Mord an Ihrem Kollegen nahe geht. Glauben Sie bloß nicht, dass mir diese Situation am Arsch vorbeigeht. Ich mochte Hörster sehr, der wird uns allen fehlen. Nicht nur Sie haben einen Kollegen verloren. Aber wir kommen sicher nicht schneller vorwärts, wenn wir jetzt einen auf einsamen Rächer machen. Nur gemeinsam, mit logischem Denken, kommen wir an dieses Monster ran.

Verdammt, jetzt können Sie zeigen, was wirklich in Ihnen schlummert, was Ihre Stärke ausmacht ... wir brauchen Sie, Spelzer! Wir brauchen den Spelzer, der klar kombinieren kann, nicht den wilden Stier, der Fakten übersieht und vielleicht falsche Entscheidungen trifft. Haben Sie mich verstanden? Andernfalls muss ich Sie von diesem Fall wegen Befangenheit abziehen. Überlegen Sie sich das gut, Spelzer.«

Karin, die Sven auf dem Weg zum Auto begleitet hatte und kaum Schritt halten konnte, stellte sich nun vor ihn und versperrte ihm den Weg. Es berührte sie unangenehm, dass er jetzt auch sie wütend anblitzte. Sie trotzte seinem Blick und nahm allen Mut zusammen.

»Er hat recht, du sturer Hund. Du bringst dich mit deinem Clint Eastwood-Gehabe selbst in Gefahr und verlierst dein klares Denken. Willst du jetzt alle umbringen, die zur Gruppe Ares gehören, nur weil du dir die Zeit nicht nehmen willst, den einzig Schuldigen zu suchen? Was ist los? Wo ist der Mann geblieben, den ich auch wegen seines klaren Verstandes lieben gelernt habe? Du machst alles kaputt, wenn du jetzt zum *Dirty Harry* mutierst. Du bist dann nicht besser als dieser Killer.«

Karin wich einen Schritt zurück, als sie die Kälte in seinen Augen sah. Er griff ihr so hart an die Schulter und schüttelte sie, dass Fugger sich zwischen die beiden drängte.

»Lassen Sie das, Spelzer! Kommen Sie wieder zu Verstand!«

»Lasst mich in Gottes Namen in Ruhe. Hier hilft kein Gesetz, zumindest keins von Menschenhand. Diese Bestie folgt dem Gesetz des Satans. Um den zu besiegen, musst du selbst zum Teufel werden. Hier haben Sie Ihre beschissene Polizeimarke und meine Waffe, wenn es Sie glücklicher macht. Mit unserer Grundordnung kommen wir dem Biest nicht bei. Heute verstehe ich die Motivation dieses Pehling besser. Er hat viel früher als wir erkannt, dass es ein Kampf gegen Windmühlenflügel bedeutet, wenn wir uns immer an Recht und Gesetz halten. Es müssen auch schon mal Grenzen überschritten werden, um das Grundböse zu besiegen. Hier nehmen Sie und lassen Sie mich machen.«

Es war eine wilde Bewegung, mit der er seinem Vorgesetzten die Waffe und die Marke vor die Füße warf. Dann drehte er sich um, lief mit weitausholenden Schritten Richtung Auto. Karin schlug die Hände vor das Gesicht, bevor sie ihm die Worte nachrief.

»Sven, komm zurück. Wir müssen doch noch die Kollegin Reitz suchen!«

Als wäre er vor eine Mauer gelaufen, stoppte Sven und drehte sich langsam um.

- Kapitel 19 -

Mittlerweile kannte Elmar die gewohnten Trampelpfade, die Commissario Paretti allabendlich ablief. Er füllte sich tagtäglich seine Taschen mit Schutzgeldern, die es ihm erlaubten, im Ristorante Al Caminetto mit der Hautevolee der umliegenden Orte zu speisen. Das gemeine Volk konnte sich die sündhaft hohen Preise nicht erlauben. Elmars besondere Aufmerksamkeit erfuhr ein geheimnisvoller, sich stets wiederholender Dienstagbesuch des Commissario. An diesem Tag verschwand der schmierige Polizist um Punkt zwanzig Uhr in einer Seitenstraße in Cervia und huschte durch ein Gartentor durch den wildbewachsenen Garten einer größeren Villa. Das Haus gehörte Dottore Carnivale, der an diesem Abend immer alte Freunde beim Kartenspiel traf. Seine Gattin, die ihre besten Jahre schon etliche Monde hinter sich hatte, nutzte die Gelegenheit, ihre Liebeserfahrung um ein weiteres, aber fragwürdiges Abenteuer zu erweitern.

Die Fotos, die Elmar dank einer hell strahlenden Straßenlaterne direkt über dem Gartentor davon anfertigte, ließen ihn schmunzeln. Nähere Einzelheiten fotografierte er durch das Schlafzimmerfenster, was ihn, den unerfahrenen Mann, in blankes Erstaunen versetzte. Niemals hätte er sich träumen lassen, wozu sich ein erwachsener Mann beim Liebesspiel hinreißen lassen würde. Diese Form der Demütigung wäre für ihn niemals infrage gekommen. In seinen Augen ein ekelerregendes Prozedere.

Auf seinem Laptop, den er günstig von einem deutschen Hotelgast erstanden hatte, sortierte er immer noch angewidert die Fotos. Das Anklopfen Lucias war nicht bis zu ihm durchgedrungen, weshalb er auch erschrocken hochfuhr, als er ihre Stimme dicht an seinem Ohr vernahm.

»Das ist doch ... ist das nicht dieser ekelhafte ...? Wo hast du denn die Bilder von dem her? Was treibt der denn da mit der Frau vom Dottore Carnivale? Das ist ja ...«

»Das ist ekelig, ich weiß. Aber es ist die Wahrheit über diesen Mistkerl. Der treibt es mit dieser Frau und setzt dem Dottore Hörner auf.«

»Aber wie kommst du an diese Aufnahmen? Die hast du doch wohl nicht ...?«

Elmar stand auf, ergriff Lucias Hände und stotterte wie ein Junge, den die Mutter beim Masturbieren erwischte.

»Es ist nicht das, was du denkst. Ich bin kein Voyeur, der durch Fenster fotografiert und sich an den Bildern ergötzt. Ich musste etwas gegen diesen Mistkerl in die Hand bekommen. Einer muss dem Mann mal irgendwann Einhalt gebieten. Ich will nicht zulassen, dass der euch ein Leben lang erpresst oder unter Druck setzt. Dieser perverse Dreckskerl muss lernen, dass es auch Grenzen gibt.«

Lucia zog sich einen Stuhl heran und setzte sich Elmar gegenüber an den Tisch. Ein tiefes Bitten lag in ihren Augen, als sie versuchte, ihm die Situation zu erklären. Sie tat es, als hätte sie ein unerfahrenes Kind vor sich.

»Elmar, du bist ein guter Mensch. Das wissen wir alle. Du siehst es als deine wichtigste Aufgabe an, uns Frauen und den kleinen Nico zu beschützen. Du möchtest dem Kleinen den Vater ersetzen, besser als es der leibliche Vater je tun konnte. Das ist edel und ich schätze das sehr an dir.

Doch du denkst immer noch deutsch. Ich meine damit, dass du das Leben hier bei uns noch nicht verstanden hast. Hier ticken die Uhren noch anders als bei euch. Es ist bei uns völlig normal, dass man für den Schutz seiner Familie einen monatlichen Obolus entrichten muss. Dafür wird dir aber auch ein weitestgehend gewaltfreies Leben garantiert. Niemand, der bei klarem Verstand ist, würde sich an jemandem vergreifen, der unter dem Schutz der *Familie* steht. Du hast selbst bei diesem Dreckskerl erlebt, was dann passiert. Andere halten sich fern, wenn eine *Familie* ein Gebiet kontrolliert. Wir sind sicher, Elmar.«

Wortlos war Elmar den Worten Lucias gefolgt, klappte den Laptop zu, weil er befürchtete, dass jeden Augenblick Nico hereinplatzte. Er ließ das Gehörte sacken.

»Du hast recht, Lucia. Das ist bei uns noch nicht so verbreitet, ist aber schon häufiger anzutreffen. Wenn du glaubst, dass sich die Mafia nur auf Italien beschränkt, muss ich dich enttäuschen. Außerdem bewegen sich die Verbrechenszahlen in eurem Land auf dem gleichen Level wie bei uns. Aber lass uns nicht darüber reden. Mir ist etwas Anderes viel wichtiger. Ich werde nicht dulden, dass sich dieser Perverse an Fiorella heranmacht, sie und den Kleinen unter Druck setzt. Verstehst du mich?«

»Ja, ich verstehe dich sehr gut. Du darfst nicht glauben, dass er das nur bei ihr versucht. Er hat mir auch schon Anträge gemacht, mir versichert, dass er die Macht hätte, die Schutzgeldforderungen zu beenden. Ich habe ihm geantwortet, dass ich lieber für den Rest meines Lebens zahle, nur um zu verhindern, dass er mir auch nur die Hand reicht. Danach war Ruhe. Bei Fiorella bestand das Problem, dass sie verheiratet war, ein Kind besaß und sich für deren sorgenfreies Leben verantwortlich fühlte. Wie wir sehen, hat es ihr bei Toni nicht viel genützt. Ob Paretti seine Finger im Spiel hatte, kann ich nicht mit Bestimmtheit sagen. Sie ist nicht so stark wie ich, weil sie nicht unabhängig ist. Der Dreckskerl wird es immer wieder versuchen, bis sie irgendwann schwach wird.«

»Wer wird schwach? Über wen sprecht ihr hier?«

Nico riss sich von Fiorellas Hand los und stürmte auf seinen großen Freund zu.

»Du hast deinen Computer ja schon an. Spielen wir wieder, Elmar? Bitte.«

»Du musst dich noch einen Augenblick gedulden, mein Freund. Ich habe noch etwas mit deiner Mama und Tante Lucia zu besprechen. Spiel noch ein paar Minuten draußen mit den Katzen. Ich rufe dich dann rein. Okay?«

Der Kleine hielt ihm mit ernster Miene die kleine Patschhand hin, in die Elmar lachend einschlug. Dann tobte der Wirbelwind nach draußen und rief nach den Katzenbabys. Lucia bot Fiorella einen Stuhl an, die noch immer auf die Beantwortung ihrer Frage wartete.

»Ja, wir sprachen gerade über dich und den Kleinen. Dabei ging es um die Avancen, die du von diesem Paretti ertragen musst. Elmar meint, dass er was dagegen tun sollte. Er war in dieser Richtung sogar schon tätig. Willst du Lucia die Fotos auch zeigen, Elmar? Das ist kein Problem. Wir sind schon große Mädchen.«

»Über welche Fotos redet ihr? Ich will die sofort sehen. Worauf wartest du noch, Elmar?«

Das Schweigen war bedrückend, während die drei durch die Foto-Galerie blätterten. Obwohl sie sich als große Mädchen bezeichnet hatten, zeigten sich die Frauen von der außergewöhnlichen Perversität dieses Pärchens tief beeindruckt. Das Schweigen hielt noch an, als Elmar den Laptop längst wieder geschlossen hatte.

»Dieses miese Schwein ... die beiden gehören eingesperrt. Das ist doch ... das ist einfach krank. Der arme Dottore Carnevali. Wie kann man mit einer solchen Person zusammenleben?«

Fiorella saß zusammengesunken auf ihrem Stuhl und fixierte einen Punkt auf dem Tisch. Für sie, die aus einem christlichen Elternhaus stammte, brach eine Welt zusammen. Elmar wusste nicht, wie er reagieren sollte. Da fehlte ihm jegliche Erfahrung. Nico war es, der ihn aus dieser verfahrenen Situation befreite. Der kleine Kerl stolperte aufgeregt durch die Tür zum Garten.

»Elmar, komm schnell. Ich habe einen Maulwurf gefangen.«

- Kapitel 20 -

Pünktlich traf Commissario Paretti auf der Terrasse des Restaurants ein, zu der Elmar ihn bestellt hatte. Es war ihm wichtig, dass man sich auf neutralem Boden befand, wenn er mit dem Dreckskerl verhandelte. Bevor sich Paretti die fünf Stufen hinaufquälte, nahm er seinen Hut ab und wischte sich den Schweiß von der Stirn. Provozierend lange sah er sich auf der Straße um, ließ Elmar warten, der sich einen schattigen Platz unter einem Sonnenschirm gesucht hatte. Hätte Paretti zu diesem Zeitpunkt gewusst, welche Überraschung ihn erwartete, wäre er niemals auf die Idee gekommen diesen Gegner auch noch durch Arroganz weiter herauszufordern.

Obwohl nur drei Tische besetzt waren, an denen Einheimische ihr Schwätzchen abhielten, blickte er sich suchend auf der Terrasse um. Als er dann seinen Gastgeber am Ecktisch bemerkte, schlenderte er, den Hut leger gegen die Schenkel schlagend, auf den Tisch zu. Vom Nachbartisch griff er sich ein Sitzkissen, wohl um seine weiße Hose vor der Verschmutzung zu bewahren. Schnaufend ließ er sich Elmar gegenüber in den Stuhl fallen. Bevor die beiden auch nur ein Wort wechseln konnten, erschien wie ein Geist der Kellner und blickte den Neuankömmling fragend an.

»Bringen Sie mir bitte einen Aperol, gespritzt und vorher einen Espresso Ristretto, per favore.«

Mit einem höflichen Diener entfernte sich der junge Mann ins Haus.

»Es freut mich, dass Sie es sich so schnell überlegt haben, Elmar. Ich darf Sie doch so nennen, oder? Den richtigen Namen möchte ich ja auch gar nicht wissen. Wir sind ja schließlich Partner. Aber ganz so weit weg von Cervia hätten wir uns ja nun doch nicht treffen brauchen. Hier in Bellaria ist ja ... wie sagt ihr in Deutschland? ... der Hund begraben.«

»Es war mir schon wichtig, Commissario, dass wir uns etwas abseits treffen. Ich habe es gerne ein wenig intimer, wenn Sie verstehen, was ich meine.«

»Nein, mein Freund, das verstehe ich ehrlich gesagt nicht so ganz. Unser Geschäft kann man auch gut an jedem anderen Ort abschließen. Ich erwarte keinen schriftlichen Vertrag. Ein Handschlag unter Ehrenmännern reicht dazu völlig aus.«

Elmar wartete noch den Moment ab, bis der Kellner dem immer noch schwitzenden Paretti die Getränke vorgesetzt hatte und sich zurückzog.

»Da Sie gerade von Ehrenmännern sprechen, Commissario, es klingt aus Ihrem Mund sehr befremdlich. Ich spreche jetzt nicht nur von Erpressung, die Sie bei mir beabsichtigen, sondern von einer Reihe an Forderungen, die Sie an alleinstehende Frauen stellen. Das tut doch kein Gentleman.«

Den Einwand, den Paretti vorbringen wollte, winkte Elmar einfach weg. Die gletscherfarbigen Augen befahlen dem Polizisten, jetzt nur still zuzuhören.

»Ich bin noch nicht fertig, Sie erbärmlicher Wicht. Mir kam zu Ohren, dass Sie Signora Moretti und Signora Mascara bedrängen und von ihnen Schutzgeld einfordern. Das allein finde ich schon abstoßend. Was mich aber sehr wütend macht, ist die Tatsache, dass Sie auch noch sehr schlüpfrige Angebote auf den Tisch legen. Sie drohen sogar damit, die Konzessionen entziehen zu lassen, falls man sich Ihnen gegenüber nicht willig zeigt. Gar nicht nett, Sie mieser Pisser. Gar nicht nett.«

Das Gesicht des Commissario nahm eine ungesunde Farbe an. Er rutschte auf seinem Stuhl hin und her, versuchte dennoch, Sicherheit nach außen zu zeigen.

»Ich glaube, dass ich mich dir gegenüber wie ein Gentleman benommen habe, obwohl du wahrscheinlich ein in Deutschland gesuchter Betrüger bist. Du hattest eine Chance, hier in Frieden arbeiten und leben zu können, unter meinem Schutz. Das hast du dir gerade komplett versaut. Noch heute werde ich bei den Behörden nachfragen, was gegen dich vorliegt und dich dann festnehmen lassen. Wenn du hier den Robin Hood raushängen lassen möchtest, nur weil du die beiden Schlampen vögelst, dann hast du mich weit unterschätzt. Du wirst lernen müssen, wie wir hier arbeiten und das wird schmerzhaft für dich enden, glaube mir das.«

Ohne jegliche Regung nahm Elmar die unverhohlenen Drohungen auf und griff gleichzeitig in die Innentasche seines Sakkos. Noch während Paretti schwafelte, sortierte Elmar seine Fotos und legte sie wortlos vor sich auf den Tisch. Erst als Paretti erkannte, was auf den Bildern zu sehen war, erstarrte er. Der Satz, den er noch loswerden wollte, blieb ihm förmlich im Hals stecken. Er schluckte und sah Elmar fragend an.

»Was ... was soll das? Woher hast du ...?«

»Langsam, du arrogantes, perverses Schwein. Lass uns jetzt noch einmal ganz von vorne anfangen. Wir Gentlemen waren bei den beiden Frauen und der Vereinbarung mit mir stehen geblieben. Wir sollten an dieser Stelle darüber nachdenken, ob wir die Konditionen neu gestalten. Bevor du jetzt glaubst, dass dies hier nur ein Spaß ist, möchte ich dich aufklären.

Diese Bilder als Kopien und die eidesstattlichen Aussagen der beiden Frauen liegen schon jetzt, in diesem Augenblick, in einem verschlossenen Umschlag bei einem Avvocato. Dieser wird den Umschlag öffnen, wenn mir oder einer der beiden Frauen etwas zustoßen sollte. Selbst wenn es eine schwere Grippe oder ein belangloser Autounfall sein sollte, was uns hinrafft, wird der Umschlag an die DIA, also die Anti-Mafia-Behörde gehen. Das gesammelte Material reicht aus, um dich korrupte Kakerlake für den Rest deines Lebens hinter Gitter zu bringen. Ob das jedoch deine sogenannten Familienmitglieder abwarten werden, möchte ich mal mit einem großen Fragezeichen versehen. Du weißt zu viel und wirst als Gefahr eingestuft. Aber wem erzähle ich das? Du weißt besser als ich, was man im Knast mit dir machen wird. Diese Burschen werden schnell erfahren, dass ein Bulle unter ihnen ist. Die denken sich bestimmt tolle Überraschungen für dich aus.«

Mittlerweile hatte die Gesichtsfarbe des Commissario von tiefrot in schneeweiß gewechselt. Die Finger trommelten ohne Unterbrechung auf die Tischplatte, bis Elmars Faust das nervige Spiel abrupt unterbrach. Sie donnerte auf Parettis Hand, sodass man das Brechen der Finger noch am Nebentisch hörte. Die drei Männer, die sich mit einem Kartenspiel vergnügten, stoppten einen Moment, um sich dann wieder ihrem stillen Spiel zu widmen. Paretti versuchte, seine Hand zu befreien, die jetzt, wie von einem Schraubstock umklammert wurde – vergeblich. Elmar beugte sich so weit vor, bis er den Knoblauchdunst seines Gegners in der Nase spürte. Seine Stimme war in ein gefährliches Zischeln übergegangen. Ein deutliches Zeichen dafür, dass dieses Böse in ihm sein Tun ab sofort bestimmte. Seine Augen hielten die des Commissario unerbittlich gefangen.

»Und jetzt gebe ich dir einen letzten Hinweis, du mieses Schwein. Du hast recht, wenn du glaubst, dass man mich in Deutschland sucht. Ja, man will mich unbedingt hinter Gitter bringen. Nein, ich habe gelogen. Man möchte mich für ewig in einer Klapse wegsperren. Der Richter meinte, dass ich gemeingefährlich wäre. Der hat keine Ahnung, mein Freund. Ich bin in Wirklichkeit die Reinkarnation des Antichristen und das Töten geschieht bei mir allein aus der Lust heraus. Das lange Leiden meiner Opfer steht bei mir an erster Stelle.

Ich verrate dir nicht meinen Namen, aber etwas solltest du über mich wissen. Man sucht mich wegen Verbrechen, die selbst dein krankes Mörderhirn nicht für möglich halten würde. In mir hat der Satan ein Zuhause gefunden. Tust du nicht das, was ich von dir verlange, wirst du genau diesen Satan von seiner fantasievollsten Seite kennenlernen. Dagegen ist das Fegefeuer eine Weihnachtskerze. Ich muss mich nun wieder um meinen Job kümmern, erwarte aber von dir, dass du dich ab dieser Sekunde von mir und den Frauen fernhältst. Ob du diese hässliche Schlampe in Cervia weiter vögelst, ist mir egal, aber sei ein wenig vorsichtiger in der Zukunft.

Übrigens, danke für die Einladung. Du zahlst zur Feier des Tages. Ich hatte zwei Cappuccino.«

- Kapitel 21 -

In den folgenden Tagen hielt Elmar immer wieder Ausschau nach seinem neuen Geschäftspartner, wurde jedoch enttäuscht. Dessen Stammplatz gegenüber von Renatos Bar blieb lange leer. Erst eine Woche später saß er zum ersten Mal wieder dort und wurde von seinen Freunden, wenn man sie als solche bezeichnen wollte, lautstark begrüßt. Kein Blick rüber zu Elmar, selbst seine Sitzposition veränderte er, weil er seine vergipste Hand scheinbar vor ihm verbergen wollte. Elmar rang es lediglich ein Grinsen ab.

»Gut, dass ich dich hier treffe, Elmar. Ich wollte dich gestern Abend schon danach fragen.«

Lucia, die am Bagno die Kasse beendet und die letzten Gäste verabschiedet hatte, setzte sich an Elmars Tisch und streckte lediglich die Hand in die Höhe, was Renato anzeigte, dass sie gerne ein großes Bier hätte.

»Wir hatten gestern den Fünfundzwanzigsten. Du weißt, dass dies der Zahltag ist? Da ich diesen perversen Polizisten gerade da drüben sitzen sehe, fällt mir auf, dass er bis jetzt noch nicht bei mir die schmierige Hand aufgehalten hat. Bei Fiorella war er auch noch nicht. Den habe ich aber schon bei mehreren Bagni kassieren sehen. Warum macht der plötzlich um unsere Bereiche einen Riesenbogen? Kannst du mir das vielleicht erklären?«

»Lucia, warum fragst du ausgerechnet mich? Ich bin froh, wenn ich mit dem Typen nichts zu tun habe. Vielleicht war der in den letzten Tagen zu einer Wallfahrt nach Loreto unterwegs. Ich habe davon gehört, dass Menschen nach dem Besuch der Santa Casa mit ihrem Marienbildnis, ihr Leben in den Dienst Gottes gestellt haben. Könnte doch sein, dass sie es geschafft hat, den Dreckskerl zu bekehren, wer weiß. Ich habe den schon seit Tagen vermisst. Vielleicht war er krank und hat nun Terminprobleme. Der Kerl soll uns nur in Ruhe lassen, dann bin ich zufrieden. Apropos. Bist du zufrieden mit dem heutigen Umsatz? Ich muss dir noch die Story mit dem betrunkenen Tunesier erzählen, der heute Nachmittag ...«

»Stopp, du raffinierter Kerl. Lenk jetzt bloß nicht vom Thema ab. Da ist doch irgendwas passiert, an dem du nicht unbeteiligt warst. Mich würde mal brennend interessieren, was du veranstaltet hast, als du den halben Tag freigenommen und mit meinem Wagen unterwegs warst.«

Elmar war Renato dankbar dafür, dass er ihm Zeit zum Überlegen gab, während er Lucia das bestellte Bier hinstellte und einige Sätze mit ihr plauderte. Kaum hatte der Wirt den Tisch verlassen, richtete sich ein strenger Blick auf Elmar. Wortlos wartete die Schönheit auf eine Antwort. Er spürte schon lange, dass diese Frau bis tief in seine Seele blickte. *Vor ihr etwas verbergen? Unmöglich.* Ein Räuspern holte ihn aus seinen Überlegungen.

»Ich warte immer noch.«

»Ja, du hast mich erwischt. Ich gebe zu, dass ich eine Freundin habe und ...«

»Mit jeder weiteren Lüge von dir werde ich fünfzig Euro von deinem Lohn abziehen. Glaubst du wirklich, dass du mir solche Geschichten auftischen kannst? Eigentlich glaube ich, dich recht gut zu kennen, obwohl mir deine Vergangenheit absolut schleierhaft ist. Aber das geht mich auch nichts an. Trotzdem spüre ich, dass es da ein sehr großes Geheimnis gibt. Ein Weiteres gibt es beim Tod dieses Verbrechers im Kanal. Und nun verzichtet dieser Geier Paretti freiwillig auf sein Geld. Ich habe mir abgewöhnt, an Zufälle zu glauben. Was hast du damit zu tun?«

In Elmar tobte ein Kampf. *Wie weit durfte er diese Frau in die Geschehnisse der letzten Tage einweihen, ohne Gefahr zu laufen, dass seine Tarnung aufflog? Würde sie sich von ihm abwenden, wenn sie zumindest Teile der Wahrheit erfuhr?* Schweren Herzens rang er sich dazu durch, zumindest das Treffen mit Paretti zu erklären. Lucia unterbrach ihn nicht, während er die getroffene Vereinbarung erklärte. Er vermied es allerdings, das allerletzte Druckmittel, was seine Vergangenheit betraf, zu erwähnen. Elmar bestellte sich ein weiteres Bier, wartete auf eine Reaktion bei Lucia, die aber nicht sofort kam. Mit einem Blick, den Elmar nicht einordnen konnte, musterte sie ihn unentwegt. Nur sehr selten kam es bisher vor, dass ihn etwas verunsicherte. Das war einer dieser Augenblicke.

Er erschrak, als sich eine kleine Hand auf seine legte und sie umklammert hielt. In Lucias Augen trat etwas, das er bisher noch niemals in den Augen einer Frau gesehen hatte. Er suchte nach Worte, brachte jedoch keinen Ton heraus. Als er sich hilfesuchend umsah, erkannte er Renato, der an der Theke stehend, einen vielsagenden Blick herüberschickte. Sein Daumen war in die Höhe gestreckt, was dazu führte, dass Elmars Gesicht ein zartes Rosa überzog. *Was geschah gerade an diesem Tisch, auf das er keine Antwort wusste?*

Nachdenklich betrachtete Elmar Lucias Gesicht, das er im Augenblick mit dem Antlitz einer Madonna verglich. Noch nie war er neben einer Frau aufgewacht, die ihm so viel ehrliche Zuneigung schenkte. Diese Frau strahlte selbst im Schlaf eine Würde und Schönheit aus, die ihn erschauern ließ. Vorsichtig zog er ihr das dünne Laken über die Schultern und schob die Beine aus dem Bett. Es blieb ihm noch eine kurze Zeit für das Frühstück, bevor er zum Strand musste. Manche Gäste besetzten schon kurz nach sechs Uhr die Stühle und erwarteten, dass man ihnen die Schirme aufspannte. Das Morgenrot zog bereits am Horizont auf, sodass er sich dranhalten musste.

»Geh noch nicht, komm noch zwei Minuten zu mir. Ich mach dir am Bagno ein Frühstück. Bitte.«

Obwohl die Worte nur geflüstert wurden, erzeugten sie auf seiner Haut einen angenehmen Schauer. Lucias Augen waren noch geschlossen, der Mund zeigte ein geheimnisvolles, leicht frivoles Lächeln. Nur ein leises Schnurren verriet, dass sie bereits wach war und auf etwas wartete.

»Buongiorno, ihr beiden. Ich habe einen Augenblick Zeit. Alle Boote sind draußen. Darf ich euch eine Frage stellen, auf die ich keine Antwort weiß?«

Fiorella setzte sich zu den beiden, die sich ebenfalls eine kurze Verschnaufpause gönnten. Nachdem der Espresso vor ihr stand, beugte sie sich vor.

»Könnte es sein, dass jemand diesem Commissario Paretti das Licht ausgeknipst hat? Nicht, dass ich vor Sehnsucht vergehe, aber der hat diesen Monat noch nichts abkassiert. Das ist mir nicht geheuer. Was ist mit dir, Lucia? War er bei dir?«

Elmar und Lucia wechselten einen Blick, bevor Fiorella endlich eine Antwort von ihrer Freundin erhielt.

»Genau darüber haben wir auch gerade diskutiert. Wir haben den Kerl aber gestern noch an der Straße sitzen sehen. Obwohl ich dem Typen keine Träne nachweinen würde, scheint er noch bei bester Gesundheit.

Du kennst doch bestimmt diesen Mafiafilm mit Marlon Brando ... diesen Paten. Wir beide haben den Verdacht, dass jemand dem Saukerl ein Angebot gemacht hat, das er nicht ablehnen konnte.«

Für einen Moment verschlug es Fiorella die Sprache, sah von einem zum anderen. Als hätte es ein Signal gegeben, lachten die beiden Frauen lauthals los. Der verständnislos dreinblickende Elmar beobachtete, wie sich zwei wunderschöne Frauen vor Vergnügen auf die Schultern klopften. Schließlich beteiligte sich Elmar mit einem zaghaften Lächeln an dem vorherrschenden Frohsinn. Die Gäste an den Nebentischen applaudierten fleißig mit.

- Kapitel 22 -

Lina Reitz wusste sofort, nachdem sie den grausamen Tod ihres Kollegen realisiert hatte, dass sie diese Räume niemals wieder lebend verlassen würde. Zu grausam waren die Eindrücke, die in den letzten Minuten, vor der erlösenden Ohnmacht, auf sie eindrangen.

Das Erste, was sie spürte, war der Schmerz in Händen und Füßen. Nur mit großem Kraftaufwand konnte sie den Kopf drehen und die Ursache für diese Schmerzen ausmachen. Die Pupillen weiteten sich, als sie die riesigen Nägel erkannte, die mitten durch ihre ausgestreckten Hände geschlagen wurden. Sie war untrennbar mit dem großen Holzkreuz verbunden, das ihr schon bei Betreten des Raumes aufgefallen war. Die Füße hatte diese Bestie mit Stacheldraht an das untere Ende des Kreuzes gebunden. Jede Bewegung ihres Körpers bedeutete unvorstellbare Qual. Sie versuchte, jede Lageänderung zu vermeiden, biss die Zähne zusammen, analysierte den Raum und wägte die Möglichkeiten ab, diesen Folterkeller doch lebend zu verlassen.

Das Ergebnis war entmutigend. Wenn sie hier niemand fand, ging die Chance gegen Null. Die Wunden an ihren

Händen, die bereits verschorft waren, platzten wieder auf. Das Blut tropfte auf den nackten Boden, vereinte sich mit dem bereits getrockneten. Linas Zunge war angeschwollen, da sie der Durst quälte. Der Speichel war endgültig versiegt. Der Raum war nur mäßig beleuchtet, sodass sie Mühe hatte, jedes Detail zu erkennen. Deutlich stach ihr aber der Kadaver der Katze ins Auge, die jetzt endgültig ihre unvorstellbaren Qualen überstanden hatte. Der unerträgliche Geruch von Blut und verwesendem Fleisch breitete sich im Keller aus, dem Lina nicht entgehen konnte. Die Würgereize machten ihr zu schaffen. Der rebellierende Magen reagierte damit auch auf Linas Bewegungen, die mit großen Schmerzen verbunden waren. Sie versuchte, diesen Reiz durch schnelles Hecheln zu unterdrücken, was eine Zeit lang half.

Erst durch das Zusammenziehen der Bauchmuskulatur, bemerkte sie, dass jeder Atemzug zusätzliche Reizungen an der Bauchdecke verursachte. Gleichzeitig wurde sie sich dessen bewusst, dass sie splitterfasernackt an diesem Kreuz hing. Der Schrei verließ ihren ausgetrockneten Hals, bevor sie es verhindern konnte. Tränen der Scham traten in die Augen. Durch kräftiges Blinzeln versuchte sie, die letzte Flüssigkeit aus den Augen zu vertreiben. Sie wollte wissen, was mit ihrem Bauch geschehen war. Als sie es endlich erkannte, schrie sie ihre ganze Wut heraus. Ihr Schreien brach sich an den Wänden des Folterraumes und bildete ein Echo, so als wollte es sie verhöhnen. Linas Stimme wurde zu einem Krächzen und verstummte wieder, als ihr die Sinne schwanden. Sie nahm schon nicht mehr das Scharren der Tür wahr, verpasste das Eintreten des Mannes, dessen Körper über und über mit Blut besudelt war.

- Kapitel 23 -

»Du hast richtig gehandelt, Sven. Ohne Marke und den damit verbundenen Befugnissen, ist alles, was du tun wirst, automatisch illegal. Ich verstehe dich sehr gut, aber wir müssen jetzt vernünftig sein, wenn wir diesen Wahnsinnigen stoppen und vor allem Lina Reitz lebend aus seinen Klauen befreien wollen.«

»Ich weiß das, Karin. Doch ich bin verpflichtet, mich dann auch zu hundert Prozent an Recht und Gesetz zu halten. In vielen Dingen sind sogar mir die Hände gebunden. Doch jetzt sollte ich mir ein paar zuverlässige Männer aus der alten Truppe suchen, die auch mal ohne Durchsuchungsbeschluss mit mir gehen. Ich fahre noch mal ins Büro. Dort liegt ein Schreiben vom Ministerium für mich. Fährst du mit?«

»Ich glaube nicht, Sven. Ich brauche jetzt dringend ein Bad. Im Institut war heute totaler Stress angesagt, sodass ich mich nicht ausreichend reinigen konnte. Das wird ja wohl nicht so lange dauern. Beeil dich bitte. Ich bin total fertig.«

»Soll ich besser heute in meiner Wohnung schlafen? Ich habe schon einen Anruf meiner spanischen Haushälterin bekommen, was sie in der Wohnung überhaupt reinigen soll. Da würde ja niemand was dreckig machen. Bis gleich dann, Schatz.«

Sven schaltete die Beleuchtung über seinem Schreibtisch an und sah die Post durch, die Krassnitz ihm vorsortiert dort hingelegt hatte. Da war er, der Brief vom Einsatzführungskommando der Bundeswehr aus Geltow, das seines Wissens nach in der Nähe von Potsdam lag. Er zögerte einen Augenblick, bevor er den Brieföffner ansetzte. Dieses Dienstschreiben war ausdrücklich an ihn persönlich gerichtet. Er gab sich einen Ruck und schlitzte den Umschlag auf. Als er das Schreiben auseinanderfaltete, fiel ein Foto heraus, das verkehrt herum auf dem Boden landete. Sven bückte sich spontan, zögerte jedoch plötzlich.

Sollte jetzt der Moment gekommen sein, an dem er endlich das verfluchte Gesicht dieser Bestie sehen durfte? War es tatsächlich der Gesuchte?

Er griff nach dem Foto, schloss die Augen und drehte es langsam herum. Als er die Lider wieder öffnete, blickte er in ein hartes, kantiges und braun gebranntes Gesicht. Das Barett verdeckte stoppeliges Haar. Das Beeindruckendste an diesem Gesicht waren diese Augen. Eine derartige Kälte sah Sven bisher nur ein einziges Mal in seinem Leben. Damals lag er auf einem grobgehauenen Tisch und erwartete den tödlichen Skalpellschnitt seines Peinigers Elmar Pehling. Die schrecklichen Bilder des dunklen Kellers zogen als Film an ihm vorbei. Augen und Lippen formten sich zu Schlitzen. Da war noch etwas, ganz tief in seinem Inneren. Reste von fest verwurzelter Angst, die ewig bleiben würde.

Bei dem Mann handelte es sich um den Stabsunteroffizier Karsten Mittler. Der Sachbearbeiter hatte mehrere Adressen angegeben, mit dem Hinweis, dass der derzeitige Aufenthaltsort nicht seriös bestätigt werden kann. Mittlers Alter wurde mit vierundvierzig Jahren angegeben, seine Größe mit einhundertachtundachtzig Zentimeter. Dem Bericht konnte Sven entnehmen, dass der Mann schon wegen seiner Spezialausbildung im Nahkampf bei Sondereinsätzen Verwendung fand. Welcher Art diese waren, darüber sagte das Schreiben nichts aus.

Interessant fand Sven die Ergänzung. Mittler wurde als außergewöhnlich aggressiv dargestellt, was ihm einige Disziplinarstrafen einbrachte und schließlich in einer unehrenhaften Entlassung mit Aberkennung sämtlicher Dienstgrade gipfelte. Vor dieser Entlassung verbrachte der Mann einige Monate in einem Militärgefängnis. Ihm wurde zur Last gelegt, dass er gegenüber einer afghanischen Familie mit unangemessener Härte reagiert hätte. Dabei starben zwei Erwachsene und zwei Kinder. Eine Mordabsicht konnte ihm nicht zweifelsfrei nachgewiesen werden. Ein Militärpsychologe empfahl, den Soldaten Mittler schnellstmöglich aus dem Militärdienst zu entfernen, da er zu unkontrollierbaren Gewaltanwendungen neigen würde.

Immer wieder las er diesen Bericht und studierte das Gesicht. Niemals mehr in seinem Leben würde er dieses vergessen. Es hatte sich in seinem Hirn eingebrannt.

Ich werde ihn kriegen, Hörster. Und wenn es das Letzte ist, was ich auf dieser Erde für dich tun kann. Ich werde ihn kreuzigen für das, was er dir und möglicherweise auch Lina angetan hat. Er wird es bereuen, sich mit uns angelegt zu haben. Und eines verspreche ich dir, mein Freund, es wird zu keiner Gerichtsverhandlung kommen.

Sven sah sich im Raum um, als befürchtete er, dass jemand die Gedanken mitgehört haben könnte. Sein Blick blieb hängen an der großen Magnetwand, an der die Bilder der Opfer hingen, mit all ihren schrecklichen Verletzungen, die ihnen der Irre beibrachte. Wieder und wieder las er über das Schreiben der Behörde, suchte nach Hinweisen. Spätestens morgen würde der Name durch sämtliche Computer Europas gejagt. *Ich finde dich, auch wenn du dich in einer Müllkippe eingegraben hast.* An einer Adresse blieb Sven immer wieder hängen. In einem der Berichte war ihm diese Adresse schon untergekommen. Er wühlte wie ein Besessener in den Akten und riss plötzlich die Arme hoch.

»Ja, ja ... ich wusste es! Das ist es!«

Der Schrei musste bis zum Eingangsbereich zu hören gewesen sein. An der Bürowand hing ständig eine aktuelle Stadtkarte, um Tatorte einzuzeichnen. Wild glitt sein Finger über die Karte, suchte diese verfluchte Adresse. Mitten im Stadtteil Horst fand er sie. Oft hatte er bisher dort nicht zu tun gehabt, kannte sich jedoch in der Gegend recht gut aus.

Ein weiteres Mal glitt sein prüfender Blick durch den Raum, er kontrollierte sogar den Flur. Dann öffnete er den Stahlschrank, zu dem nur er einen Schlüssel besaß. Die kleinkalibrige Waffe versank fast in seiner großen Hand. Sie verschwand unauffällig in dem Holster, das er sich um den Unterschenkel schnallte. Er wollte schließlich auf alles vorbereitet sein.

Kopfschüttelnd verfolgten die beiden wachhabenden Beamten am Präsidiumseingang den überstürzten Abgang des Oberkommissars, dessen Passat mit durchdrehenden Reifen vom Parkplatz schoss und sich rasend schnell entfernte.

Die Dunkelheit hüllte das hohe Gebäude ein. Trotz der ehemals vielen Wohneinheiten waren nur zwei im gesamten Haus schwach beleuchtet. Seiner Kenntnis nach hätte in diesem Haus, das kurz vor dem Abriss stand, niemand mehr wohnen dürfen. Rund um den Block fanden sich Unmengen an Sperrmüll. Eine willkommene Möglichkeit für die Nachbarn, die alten, sperrigen Sachen zu entsorgen. Obwohl Sven es nicht erwartete, suchte er trotzdem mit der Stablampe die Klingelschilder nach dem Namen Mittler ab. Nichts, was ihn weiterbrachte. Beinahe setzte sein Herz aus, als er die Stimme an seiner Seite vernahm.

»Hasse mal nen Euro oder ne Kippe für mich? Den ganzen Tag hab ich noch nix gegessen ... nur einen Euro, Mann.«

»Verdammt, bist du wahnsinnig? Willst du mich umbringen? Schleich dich besser nicht mehr nachts an Unbekannte ran. Das kann in die Hose gehen.«

»Isset dat denn?«

»Nein, ist es nicht. Zumindest nicht bei mir. Hör mir mal zu. Du bekommst sogar fünf Euro von mir, wenn du mir ein paar Fragen beantwortest. Was ist? Haben wir einen Deal?«

»Kriege ich die auch, wenn ich die Antworten nicht kenne?«

»Nein, mein Freund, das wäre ein schlechtes Geschäft für mich. Also Frage eins. Kennst du einen Mann mit dem Namen Karsten Mittler? Der soll hier wohnen.«

»Nee, kenn ich nich. Frag weiter, Chef.«

»Kannst du mir sagen, ob du diese Visage schon gesehen hast?«

Sven suchte in seiner Innentasche nach dem Bild. Die Augen in dem mageren Hippiegesicht erstarrten, als sie das Waffenholster in der Achselhöhle entdeckten.

»Willst du den Kerl umlegen oder bist du auch ein Bulle?«

Svens Hand stockte einen Augenblick, bevor er das Foto ganz herauszog. Kaum hatte der übel riechende Junkie das Bild gesehen, platzte es aus ihm heraus.

»Das ist Luzi, ja das ist bestimmt dieser Penner da unten im Keller. Kriege ich jetzt die Kohle, Chef?«

»Du wolltest vorhin wissen, ob ich auch ein Bulle wäre. Warum fragst du mich das? Waren denn schon vor mir welche da?«

Während er auf die Antwort des Typen wartete, suchte er in seiner Hosentasche nach Kleingeld.

»Ich glaube, das war gestern ... ja, ich erinnere mich genau. Ein Kerl und eine Zuckerschnute. Die suchten auch nach Luzi. Die sind dann im Keller verschwunden und ich hab ne Biege gemacht. Komm jetzt, raus mit die Kohle. Ich hab Kohldampf, Mensch.«

Kaum hatte Sven ihm den Fünfeuroschein unter die Nase gehalten, war die tätowierte Hand schattengleich da und riss ihm das Geld aus der Hand.

»Immer wieder zu Diensten, Chef. Pass auf dich auf, der Typ im Keller ist eine verdammt brutale Sau.«

Die Nacht nahm den Hippie wieder auf. Nur die Schritte, die sich entfernten, waren noch zu hören.

Das Telefon schickte den Ruf nur drei Mal durch, als sich Kriminalrat Fugger bereits, trotz der späten Stunde, meldete.

»Was gibt es Spelzer? Ich habe gerade ein gutes Blatt. Sie stören mich beim Skat. Ist was passiert?«

»Chef, ich habe den Kerl.«

»Sagen Sie das noch mal. Sprechen wir von diesem irren Satan, oder wen meinen Sie. Machen Sie es nicht so spannend, verdammt.«

Mit wenigen Worten klärte er Fugger über seine Nachforschungen auf. Der hörte geduldig zu, unterbrach nur selten.

»Jetzt stehen wir vor einem Problem, Chef. Ich habe einen Verdacht, aber keinen Durchsuchungsbeschluss. Nehme ich den Kerl fest und finde keine Beweise, holt den jeder halbwegs clevere Anwalt wieder innerhalb von achtundvierzig Stunden raus. Gehen wir da nicht rein, laufen wir Gefahr, dass er Lina tötet, wenn er es noch nicht getan hat. Warten wir darauf, bis der Staatsanwalt den Wisch unterschrieben hat, kann der schon über alle Berge sein und sämtliche Spuren beseitigt haben. Ich brauche eine Genehmigung ...«

»Nein, Spelzer, das können wir nicht tun. Die Beweise reichen einfach nicht aus. Wir können dort nicht einfach einmarschieren, nur weil der Typ als irre hingestellt wurde. Warten Sie gefälligst, bis der Staatsanwalt entschieden hat.«

»Wir können nicht warten. Wenn Lina in seiner Hand ist, zählt jede Minute.«

Am anderen Ende war Schweigen, was Sven zusehends nervöser machte.

»Chef, sind Sie noch da?«

»Ja, ich bin noch da. Scheiße, Scheiße. Dann warten Sie wenigstens, bis die Einsatzkräfte da sind. Sichern Sie die

Tür, damit uns der Kerl nicht durch die Lappen geht. Ich informiere sofort das SEK. Sie warten! ... Spelzer? Hören Sie mich noch? Sie warten ... Verdammt. Dieser sture Hund bringt mich noch ins Grab.«

- Kapitel 24 -

Das Gesicht wurde zur undurchdringlichen Maske. Sven hatte sämtliche Gefühle abgeschaltet. Nur abgrundtiefer Hass beherrschte sein Denken. Die Treppenhausbeleuchtung funktionierte unverständlicherweise noch, zumindest teilweise. In dem Bereich, in dem sich die Eingangstür zum Keller befand, flackerte eine Neonröhre und verschaffte dem Ganzen eine gespenstische Atmosphäre. Sven lockerte seine Waffe im Holster, war bereit, auf Überraschungen extrem schnell zu reagieren. Er wollte auf keinen Fall in einen Hinterhalt laufen. Die Folgen dieses Fehlers hatte er bereits schmerzhaft zu spüren bekommen.

Die Stahltür enthielt ein Spezialschloss, das der Mieter, wenn man ihn so nennen mag, wohl selbst nachgerüstet haben musste. Anklopfen hielt Sven für die schlechteste Option, da er damit Mittler warnen würde. Er musste den Überraschungseffekt nutzen, sollte seine Aktion erfolgreich sein. Sein schmales Täschchen, in dem sich sein Elektropicker befand, hatte ihm schon in vielen Fällen gute Dienste geleistet. Es dauerte nur Sekunden, bis sich die schwere Stahltür leise einen Spalt öffnete. Längst lag die schwere

Waffe in seiner Hand, schob sich in das Dunkel des Ganges. Absolute Stille, nichts als das Pfeifen eines Luftzugs, der aus einem Winkel zu kommen schien, der sich weiter hinten in dem Flur befand. Svens geschulte Nase witterte einen Geruch, den er keinem ihm bisher bekannten zuordnen konnte. Rauch, verbrannte Kräuter und ... verbranntes Fleisch. *Das durfte einfach nicht sein. War er tatsächlich zu spät gekommen?* Nach allen Seiten sichernd, die Waffe in Vorhalte, setzte er jeden Schritt. Er näherte sich einer Lattentür, die einen flackernden Lichtschein durchdringen ließ. Sven presste die Luft aus den Lungen, zählte dabei rückwärts, um die Atmung zu beruhigen. Gleichzeitig horchte er in sich hinein, versuchte, die Signale in seinem Bauch aufzuspüren. Nichts deutete darauf hin, dass er sich in diesem Augenblick in akuter Gefahr befand. Ungläubig schüttelte er den Kopf. Hier war etwas Gefährliches, das ließ sich nicht leugnen. Dort hinter der Tür wartete etwas auf ihn, was er absolut nicht sehen wollte.

Dennoch drückte er die Lattenkonstruktion vorsichtig mit dem Fuß nach innen. Der Schweiß, der ihm in die Augen lief, brannte wie Feuer. Flüchtig wischte er mit dem Ärmel seines Sakkos über das Gesicht. Einen Moment flimmerte das Bild des Kellerraumes vor seinen Augen, verwischte alle Konturen. Angst, tierische Angst kroch über seinen Rücken, ließ seine Hand zittern.

Ich muss zurück! Ich werde hier durchdrehen, werde das nicht schaffen. Oh Gott, hilf mir!

Wieder atmete er ruhig ein und aus, versuchte, diese Panikattacke zu unterdrücken. Seine Augen hatten sich mittlerweile an die Dunkelheit gewöhnt, die nur vom flackernden Licht einiger fast gänzlich heruntergebrannter Kerzen unterbrochen wurde. Jetzt war dieser Geruch intensiver, der auf faulendes, verwesendes Fleisch hindeutete. Die Ursache dafür fand er vor einem Altar liegend in Form einer toten, ausgeweideten Katze.

Das umgedrehte Kreuz über dem Altar wurde lediglich durch das schwache Licht einer bronzefarbenen Grableuchte erkennbar. Seine schlimmste Befürchtung hatte sich bisher nicht bewahrheitet.

Etwas Lebendes befand sich in diesem Raum. Seine geschärften Sinne sendeten ein Signal, das ihn augenblicklich elektrisierte. Sven witterte in jede Richtung und tat endlich diesen letzten, entscheidenden Schritt hinein in die Hölle, die er so gerne vergessen hätte. Direkt neben ihm ragte dieses große Kreuz auf, an dem er einen Körper erahnte.

Nein ... das ist irgendein Fremder! Das ist nicht Lina. Sie darf es nicht sein.

Er vergaß jede Vorsicht und riss die Stablampe aus dem Hosenbund. Der Lichtkegel erfasste einen nackten, blutverschmierten Frauenkörper, der schlaff herunterhing. Das Licht tastete sich weiter hinauf über die Scham, zur Bauchdecke. Sven schloss für einen Augenblick die Augen. Als er sie wieder öffnete, zeigte sich ihm das gleiche Bild. Wieder dieser verdammte Drudenfuß, wie man das Pentagramm auch bezeichnete, das großflächig in die Bauchdecke eingebrannt war. Provozierend zeigten die zwei Spitzen nach oben. Er hatte wieder zugeschlagen. Genau das sorgte dafür, dass Sven die Fäuste ballte und die Augen schloss. Als er sie wieder öffnete, erschrak er und blinzelte ungläubig.

Das konnte nicht sein. War einfach nicht möglich. Sie atmete.

Unter den Rippen dieser gequälten Frau erkannte er Bewegung. Als Sven die Lampe hochriss, in das Gesicht leuchtete, erkannte er Lina, die ihn mit halbgesenkten Lidern anflehte. Die Worte trieben dem harten Mann Tränen in die Augen.

»Bitte hilf mir. Töte mich. Es tut so weh. Hilf mir, ich flehe dich an ... im Namen des Herrn.«

Er konnte es nicht verhindern, dass ihm die Beine den Dienst versagten. Still vor sich hinschluchzend sank er auf den Boden und ließ die Waffe sinken. Seine Schultern zuckten unter einem Weinkrampf, wie er ihn seit seiner Kindheit nicht mehr erlebt hatte.

Danke Herr, dass du dieser Frau das Leben erhalten hast. Danke, dass du mein Bitten erhört hast.

Die Mündung eines Pistolenlaufs drückte sich fest in seinen Nacken. Seine Arme wurden auf den Rücken gerissen. Selbst als sein Gesicht auf den Boden gepresst wurde, lächelte er dankbar. Lichtfinger von vielen Taschenlampen irrten durch den Raum und erhellten die unwirkliche Szenerie.

»Was haben Sie sich bloß dabei gedacht? Es war einfach nur dumm, Spelzer. Ich sollte Sie auf der Stelle vom Dienst suspendieren. Das war ein perfekter Versuch, sich selbst zu töten. Sind denn hier nur noch Idioten beschäftigt?«

Fugger saß neben Sven auf dem Treppenabsatz vor dem Haus und war kaum zu stoppen. Sein Gesicht besaß wieder diese Röte, die erkennen ließ, wie tief es in ihm arbeitete.

»Wie geht es Lina?«

»Es geht ihr den Umständen entsprechend gut, Schatz. Sie wird durchkommen. Und das hat sie nur dir zu verdanken. Eine Stunde weiter und sie wäre wohl am Blutverlust gestorben.«

Karin setzte sich zu den beiden auf die Stufe und nahm Svens Hand in die ihre, knetete sie unentwegt. Schließlich fuhr ihre Hand über seine Wange.

»Ich lass Sie jetzt mal für einen Augenblick allein. Muss mich um die Einsatzkräfte kümmern. Wir sprechen anschließend über die Nachricht.«

Svens Kopf ruckte hoch, seine Hand zerrte am Sakkosaum seines Chefs.

»Von welcher Nachricht reden Sie? Ich habe keine Nachricht ...«

»Sven, das hat doch Zeit. Jetzt komm bitte erst einmal wieder zur Ruhe. Deine Gesundheit geht vor.«

Etwas zu barsch war die Bewegung, mit der er Karins Hand zur Seite wischte. Er sprang auf und schüttelte seinen Vorgesetzten, der ihn ungläubig anstarrte.

»Nun aber mal langsam, junger Mann. Das hätte ich Ihnen noch früh genug gezeigt. Gott noch einmal, diese Ungeduld. Dann kommen Sie in Gottes Namen mit.«

Sven und Karin folgten Fugger, der energisch die SEK-Leute beiseiteschob, die noch immer durch die Gewölbe wuselten. Erst jetzt erhielten Sven und Karin eine Vorstellung davon, wie groß die Fläche war, auf der dieser Bastard sein eigenes Reich eingerichtet hatte. Überall fanden sie satanische Symbole und Opfersteine, vor denen bereits mumifizierte Tierkadaver lagen.

Vor einer langen Wand stoppte der Kriminalrat und leuchtete auf einige Zeilen, die ihnen, wahrscheinlich mit Blut geschrieben, entgegenleuchteten.

Ich werde an anderer Stelle auferstehen.

Dieses hier war nur der Vorhof zur Hölle.

Du hast mich gestört, wirst mich aber nicht aufhalten.

Du und deine Arzthure werden dafür leiden

– Kapitel 25 –

Die Zeitungen waren gefüllt mit Berichten über die Befreiung der Essener Beamtin, deren Namen die Polizei bewusst nicht bekannt gab. Durch dunkle Quellen erhielten jedoch die Journalisten Kenntnis von der Nachricht, die der Täter an einer Kellerwand hinterlassen hatte, bevor er sich absetzte. Diese Story verfolgten nun Leser in ganz Europa, verbunden mit der Suche nach Karsten Mittler, den man mit Foto nun offiziell zur Fahndung ausgeschrieben hatte. Interpol war eingeschaltet, Ergebnisse blieben allerdings bisher aus. Hunderten Hinweisen von Leuten, die glaubten, diesen Mann gesehen zu haben, ging die Polizei nach. Deutsche Magazine witterten ein einträgliches Geschäft und veröffentlichten Serien, die den Satanismus und die Teufelsanbetung zum Inhalt hatten.

Elmar hatte den ersten Ansturm auf die Verkaufstheke überstanden und gönnte sich einen Cappuccino. Einer der Gäste ließ seine Zeitung auf dem Tisch zurück, die er erst vor weniger als einer Stunde aus dem Zeitungsständer neben dem Bagno gekauft hatte. Es tat gut, ab und zu ein deutsches Wort zu lesen. Nachrichten aus der sogenannten Heimat, die ihn am liebsten am Galgen sähe, erfuhr er ansonsten nur über die vielen Gäste aus Old Germany. Mit großem Interesse studierte er einen Artikel, der über Folterung im Ruhrgebiet berichtete, bei dem eine Polizistin in letzter Sekunde gerettet werden konnte. Der Puls beschleunigte sich, als Elmar erkannte, wer als Held bei dieser Befreiungsaktion genannt wurde. Die in Blut geschriebene Nachricht des Flüchtigen lähmte ihn förmlich. Das Wispern in seinem Inneren holte ihn wieder aus dieser Starre.

Du hast mich vernachlässigt, mich sogar unterdrückt, Elmar. Was sollte ich tun? Dieser Mann weiß meine Macht besser einzuschätzen. Er ist gut ... sogar sehr gut. Er wird mein Werk an deiner Stelle weiterführen. Schließe dich ihm an und ihr werdet unschlagbar sein.

Die Zeitung ließ Elmar langsam auf den Tisch sinken. Es störte ihn nicht, dass sie in den Cappuccino eintauchte und die Flüssigkeit gierig aufsaugte. Die Augen starrten auf einen Punkt, der in der Ferne lag, einer Welt, in die nur er eintauchen konnte. Ein Gast, der ihn mehrfach vergeblich angesprochen hatte, griff jetzt an Elmars Schulter und schüttelte ihn leicht. Wie eine Klammer schloss sich Elmars Hand um den Arm des ahnungslosen Gastes.

»Scusa ... ich wollte doch nur etwas kaufen. Ich komme später wieder.«

Er schaute Sekunden später in das lächelnde Gesicht Elmars, der den Gast wieder losließ und hinter die Theke verschwand.

»Was kann ich für Sie tun?«

Wortlos zeigte der überraschte Mann auf ein in Cellophan verpacktes Käsebrot und legte das abgezählte Geld auf die

Theke. Als er verschwinden wollte, holten ihn Elmars Worte ein.

»Signor ... Ihre Bestellung ... Sie haben Ihr Brot vergessen.«

Der Gast griff nach dem Snack und verschwand mit Angst, die in seinen Augen stand, wieder nach draußen. Elmar konnte beobachten, wie die Familie des Gastes am Liegestuhl die Köpfe zusammensteckte und immer mal wieder einen Blick zur Theke warfen.

Siehst du, Elmar, diese armseligen Menschen fühlen meine Gegenwart. Sie reagieren voller Furcht, weil sie in dir eine Macht spüren, die ihnen fremd ist. Ich werde dir die Macht verleihen, die sie zu Sklaven macht. Sie werden zu willenlosen Werkzeugen. Diese Kreaturen sind dumm, laufen nur dem nach, der ihnen Stärke zeigt oder über Reichtum verfügt. Du wirst einer ihrer Fürsten sein. Die Zeit ist gekommen.

»Niemals wieder werde ich dir dienen. Lange genug habe ich das getan, was du mir befohlen hast. Du siehst, was es aus mir gemacht hat. Ich werde gejagt, verflucht, gehasst. Das ist kein Leben. Aber genau das will ich ... endlich normal leben. Geh wieder zurück in deine verfluchte Unterwelt und gib mich frei.«

Selbst wenn ich es zulassen würde, mein Freund, wärst du niemals frei von deinen Zwängen. Ich habe das Böse nicht in deine Seele gepflanzt. Es war schon da, als ich bei dir einzog. Du hast es mir leicht gemacht und ich habe das Böse nur aktiviert. Du bist ein Mensch, Elmar. Du besitzt seit deiner Geburt die Anlagen dafür, Verbotenes zu tun. Keiner von euch Sündern kann sich gegen die sieben Todsünden wehren. Jetzt, in diesem Augenblick nehmen zwei davon dich in Besitz. Ist es nicht so?

Du kannst dich nicht vollkommen davon freimachen, dass du diesen Sven Spelzer hasst, weil er eine Frau besitzen darf, die du in deinem tiefsten Inneren begehrst. Du bist in Gedanken unkeusch, sogar untreu. Lucia vertraut dir, vergiss das nicht. Gerade eben hast du abgrundtiefen Zorn gegen den Mann empfunden, der versprochen hat, deine angebetete Karin zu töten. Das tat er auf meinen Befehl hin. Siehst du, jetzt entwickelst du sogar Zorn gegen mich, deinem Gebieter.

Elmars Hände hatten sich wieder zu Fäusten geballt, die er auf den kalten Marmor der Theke aufstützte. Seine Augen zeigten das Gletscherblau, das seinem Äußeren etwas Dämonisches verlieh.

»Ja, ich hasse diesen Teufel Mittler, weil er jemanden bedroht, der meine Hochachtung erworben hat. Und du irrst dich, Satan, ich liebe Karin nicht, ich schätze diese Frau als wertvollen Menschen. Liebe erfahre ich gerade zum ersten Mal in meinem Leben von einer anderen Frau. Und das lasse ich mir nicht nehmen. Verschwinde aus meinem Leben!«

Die Worte, nur geflüstert, waren dennoch für die eintretende Lucia hörbar.

»Mit wem sprichst du gerade, mia cara? Du wirst doch wohl nicht getrunken haben, während ich einkaufen war, oder doch?«

Lucias glockenhelles Lachen holte Elmar wieder zurück in die Realität. Seine Züge entspannten sich und er genoss die Berührung von Lucias vollen Lippen. Eine Antwort blieb er ihr schuldig, hob sie stattdessen hoch und drehte sich mit ihr einmal im Kreis.

- Kapitel 26 -

Während Sven die aktuellen Nachrichten bezüglich der Verfolgung von Karsten Mittler im Internet betrachtete, zog Karin es vor, ein Basenbad zu genießen. Eine Stütze über der Wanne ermöglichte ihr, gleichzeitig ein Buch zu lesen und daneben ihr Rotweinglas abzustellen. Läge diese Bedrohung durch den Satansjünger nicht ständig über ihr, hätte das Leben wunderbar sein können. Immer wieder lenkten sie die Gedanken an diese Bestie vom wirklich guten Buch ab, bis sie es nach einer Weile entnervt zuschlug und sich tiefer ins Wasser gleiten ließ. Sie schloss für einen Augenblick die Augen und genoss die leisen Klänge aus dem Wohnzimmer. Sie liebte *Una lacrima sul viso,* diesen ehemaligen italienischen Erfolgshit von *Bobby Solo.* Umso mehr verärgerte sie das grelle Klingeln ihres Telefons, das sie gewohnheitsgemäß mit zur Wanne genommen hatte. Nun kreiste es ungeduldig auf der Ablage.

»Hallo? Wer ist denn da? So melden Sie sich doch!«

Dass jemand in der Leitung war, erkannte sie am Atmen. Sie wartete noch einen Augenblick ab und wollte schon wütend abbrechen, als sie die Stimme lähmte.

»Geht es dir gut? Ich muss es einfach wissen. Sage mir bitte, dass es dir gut geht.«

»Bist du das, Elmar? Bist du das wirklich? Es ist schön, deine Stimme zu hören. Ich frage nicht, wo du jetzt bist, bin nur froh, wenn es dir gut geht. Du wirst nicht ohne Grund die Gefahr auf dich nehmen, entdeckt zu werden. Ich denke, du hast von den Drohungen dieses Karsten Mittler gelesen und möchtest Näheres wissen. Mach dir keine Gedanken, Sven wird mich beschützen. Ich fühle mich ...«

»Habe ich da gerade meinen Namen gehört. Mit wem ziehst du über mich her?«

Sven war das Klingeln des Telefons nicht entgangen und ins Bad geeilt. Seine geschärften Sinne waren ständig in Alarmbereitschaft, befanden sich im Standby-Modus. Erwartungsvoll sah er auf Karin herunter, die ihre Verlegenheit nicht gänzlich verbergen konnte. Sie war nicht imstande, Sven eine Antwort zu geben, starrte ihn lediglich an.

»Ist das ... ist das vielleicht ... das kann nur Pehling sein. Belüge mich jetzt bitte nicht, Karin. Ja oder nein?«

Es war ihr unmöglich, einen Ton herauszubringen. Mit zusammengepressten Lippen nickte sie zögernd und sah ungläubig auf Svens ausgestreckte Hand. In Zeitlupe legte sie das Gerät hinein und schob sich ebenso langsam aus dem Wasser. Sie legte sich das Badetuch um und folgte Sven ins Wohnzimmer. Der setzte sich vor seine Unterlagen und legte das Telefon ans Ohr.

»Hängen Sie jetzt nicht ein, Pehling. Tun Sie das bitte nicht. Ich will mit Ihnen reden.«

Immer noch war das Atmen zu hören, das Sven ermutigte, das Gespräch fortzuführen. Karin glitt wortlos neben ihn und lehnte den Kopf an seine Schulter. Ihr Zittern versuchte Sven einzudämmen, indem er eine Hand um ihre Schultern legte und sie noch weiter heranzog. Ihre Augen richtete sie voller Erwartung auf seinen Mund.

»Sie können sich sicher vorstellen, dass ich nicht vor lauter Begeisterung über Ihren erneuten Anruf ausflippe, aber ich habe es mittlerweile akzeptiert. Warum Sie es tun, möchte ich mir erst gar nicht vorstellen. Doch ich bin zu der Erkenntnis gelangt, dass für Karin keine unmittelbare Gefahr besteht. Nur deshalb sprechen wir beide überhaupt miteinander. Der Grund liegt auch nicht darin, dass wir beide das Revier abstecken und ich Ihnen androhe, Sie zu erschlagen, wenn Sie noch ein einziges Mal ... na Sie wissen schon, was ich meine. Nein, es geschieht einfach aus einer Not heraus und ist dem Zufall zu verdanken, dass ich diesen Anruf gerade mitbekommen habe. Sind Sie noch dran?«

»Ja, ja, ich höre Ihnen zu.«

»Verstehen Sie meine Kooperation nicht falsch, Pehling. Ich werde Ihnen niemals verzeihen können, was Sie mir angetan haben ... niemals. Aber es gibt Augenblicke im Leben, da muss man seine eigenen Probleme zurückstellen und mit Kompromissen arbeiten. An diesem Punkt sind wir zwei gerade angekommen.«

»Worauf wollen Sie hinaus, Spelzer? So ganz kann ich Ihnen noch nicht folgen.«

»Ich möchte Sie um Hilfe bitten.«

»Sie wollen was? Sie überraschen mich nun aber, Spelzer. Sie lassen mich in ganz Europa suchen, setzen mich bei der Liste von Staatsfeinden an erster Stelle und bitten mich jetzt um Hilfe? Das muss ich nicht verstehen, oder?«

Auch Karin setzte sich auf und warf Sven einen Blick zu, der tausend Fragen beinhaltete.

»Das habe ich auch nicht erwartet. Sie können sich wohl auch kaum vorstellen, welche Überwindung es mich kostet. Ich gebe ja zu, dass ich nicht unbedingt freundschaftliche Gefühle für Sie hege, doch muss ich die derzeitige Lage etwas pragmatisch sehen. Sie könnten uns behilflich sein. Als Gegenleistung gebe ich Ihnen mein Wort darauf, dass ich Sie nicht aktiv verfolgen werde. Mein Wort muss Ihnen dabei genügen, denn niemals würde ich Ihnen das Versprechen schriftlich geben. Haben wir uns verstanden?«

»Den Teil der Vereinbarung habe ich begriffen, aber woraus soll meine Hilfe eigentlich bestehen?«

»Ehrlich gesagt, habe ich da noch keinen genialen Plan. Dazu kam diese Möglichkeit zu plötzlich, aber ganz grob gedacht, wäre Folgendes denkbar. Dieser Mittler hat, wie Sie ja sicher schon wissen, neben anderen Opfern auch meinen Kollegen Hörster auf dem Gewissen. Er tötet bestialisch sogar Kinder, opfert sie einem Satan, von dem er sich dazu berufen fühlt. Damit haben seine Taten eine Qualität erreicht, die eine rote Grenze bei Weitem überschritten haben. Ich will dieses Tier – tot oder lebendig.«

»Was sind denn das für Töne, Herr Oberkommissar? Sie sind Polizist und sollten sich an das Gesetz ...«

»Hören Sie auf, Pehling. Ich bin nicht zu Scherzen aufgelegt. Sind Sie bereit, uns zu helfen? Ansonsten können wir das Gespräch sofort beenden. Es hat dann nie stattgefunden.«

Etliche Sekunden blieb es am anderen Ende ruhig. Sven suchte bereits den Ausschaltknopf, da er mit keiner Antwort mehr rechnete, als Karin ihre Hand auf seine legte und den Kopf schüttelte.

»Sind Sie sich darüber im Klaren, dass Sie mich um Hilfe für einen Mann bitten, der mir zwei Kugeln ins Knie gejagt hat? Nun soll ich für Sie den Mann finden, der das tat, was ich am liebsten selbst erledigt hätte. Verdammt, ich bin nicht die Mutter Theresa.«

»Dass Sie das nicht sind, haben Sie in beeindruckender Weise bewiesen. Sie sind einen Pakt mit dem Teufel eingegangen und jetzt möchte ich, dass Sie ihre Talente nutzen und einen Pakt mit mir eingehen. Habe ich mich jetzt endlich deutlich genug ausgedrückt?«

Karin reichte Sven ihr Rotweinglas, ließ ihn davon trinken, während Pehling wieder eine Denkpause nutzte. Sie wirkte mittlerweile wesentlich entspannter und wartete ungeduldig darauf, woraus dieser ominöse Pakt bestehen könnte.

»Gut, Spelzer. Sie haben mich ebenso überrascht, wie ich Sie. Geben Sie mir einen Tag, damit ich mir ein mögliches Agreement durch den Kopf gehen lassen kann. Dann haben auch Sie Zeit, um sich über die weitere Vorgehensweise einen Kopf zu machen. Okay?«

»Geben Sie mir Ihre Telefonnummer und ich rufe Sie ...«

»Aber Herr Spelzer, ich bitte Sie. Plumper hätten Sie das nicht angehen können. Ich nutze zwar ein Prepaid-Handy, aber trotzdem werde ich Sie anrufen. Morgen um die gleiche Zeit, auf Karins Nummer. Und ich werde das Gespräch immer nach wenigen Minuten neu aufbauen. Versuchen Sie erst gar nicht, es zurückzuverfolgen. Ihnen beiden noch einen guten Abend.«

Sven drückte das Gespräch weg und legte das Telefon neben die ungeöffnete Chipstüte. Er suchte Karins Augen, die sich aus für ihn unerklärlichen Gründen mit Tränen gefüllt hatten. Sie umarmte ihn in einer Intensität, die ihn in diesem Moment irritierte. Den Kuss genoss er.

– Kapitel 27 –

»Das kannst du doch nicht tun, Elmar. Die Saison läuft doch noch etliche Wochen. Wie soll ich das denn alleine schaffen?«

»Du würdest es nicht verstehen, Lucia. Zumindest besteht die Gefahr, dass du es missverstehen könntest. Es gibt etwas in Deutschland zu erledigen, das sehr wichtig ist, um mit einem Teil meines Lebens abzuschließen. Außerdem benötigen Menschen, die meine Freunde waren, Hilfe, die nur ich ihnen geben kann. Sie haben mich darum gebeten. Ich kann nicht von dir verlangen, dass du es gutheißt, aber du solltest mir vertrauen. Es fällt mir sehr schwer, dich jetzt alleine lassen zu müssen, aber es ist sehr, sehr dringend. Es geht im weitesten Sinne sogar um Leben und Tod. Ich sprach übrigens gestern mit Marco. Der könnte dir in der Zeit meiner Abwesenheit ab zwölf Uhr helfen. Seine Verkaufstour wäre dann beendet und er steht dir zur Verfügung.«

Elmar strich zärtlich über Lucias langes Haar, die den Rücken zu ihm gekehrt und die Schultern zusammengezogen, leise vor sich hin weinte. Unendlich langsam wandte sie sich ihm wieder zu und blickte in seine Augen.

»Was ist bloß dein Geheimnis, Elmar? Du verbirgst etwas vor mir, das mir Angst macht. Bist du etwa ein Agent, der nur ab und zu Einsätze hat und darüber nicht sprechen darf? Es würde mich nicht stören, aber dann wäre diese Ungewissheit weg.«

Sie legte ihren Kopf an seine Brust und stellte die Frage, die ihm durch Mark und Bein fuhr.

»Wirst du zu mir zurückkommen, oder gibt es in Deutschland jemanden, der dir jetzt wieder wichtiger ist?«

»Was sagst du da, Liebes? Natürlich werde ich wieder zu dir zurückkommen. Du bist alles, was ich habe. Nichts wird mich von dir trennen können, wenn du es nicht willst. Ich erledige das in dem Land, das mir nie ein wirkliches Zuhause oder eine Chance gab. Dann komme ich wieder hierher ... zu dir.«

Lucias Kopf ruhte zwischen seinen starken Händen. Ihr Gesicht hatte sie ihm zugewandt, die Augen waren voller Hoffnung.

»Wann geht dein Zug? Ich werde dir noch Einiges für die lange Fahrt einpacken müssen. Komm wieder rein, die Mücken fressen mich langsam auf.«

Die dunkle Brille passte hervorragend zu dem Drei-Tage-Bart, den Elmar bewusst wachsen ließ. Immer wieder schob er das ungewohnte Accessoire wieder in die richtige Position. Diese Brille nervte, war aber unerlässlich, wenn er nicht schnell erkannt werden wollte. Eine gewisse Nervosität konnte er nicht leugnen. Er sollte sich auf das Wort eines Polizisten verlassen, den er vor Monaten noch töten wollte und der tief in seinem Inneren eine Eifersucht verbarg. Ein nicht einzuschätzendes Risiko, das er eingehen musste, wollte er Karin Schutz bieten und den sadistischen Killer unschädlich machen.

Der Augenblick der erneuten Begegnung stand unmittelbar bevor, mit jedem Kilometer, den sich der Zug dem Essener Hauptbahnhof näherte. Der Bahnsteig glitt an ihm vorbei mit all den Menschen, die winkend ihre Freunde oder Familien begrüßten. Elmar schob das Fenster zur Hälfte hinunter und suchte eine bestimmte Person. Er hoffte inständig, dass Karin mitgekommen war. Das Einzige, was er sofort erkannte, war diese hochgewachsene Gestalt, die, mit beiden Händen in den Hosentaschen, die Fensterfront absuchte. Unter Millionen Menschen hätte er diesen Mann wiedererkannt. Ein würdiger Gegner, der ihm sogar Respekt abrang, der niemals aufgegeben hatte, ihn einzufangen. Das musste er zugeben. Noch einmal atmete er tief durch und hob seine Reisetasche vom Sitz.

Die beiden Männer standen sich schweigend gegenüber. Ihre Augen befanden sich auf gleicher Höhe, versuchten, tief in die Gedanken des anderen einzudringen. Kein Händedruck, kein Guten Tag ... nur ein stilles Abschätzen. Zwei äußerst unterschiedliche und doch wiederum so ähnliche Typen, die vielen vorbeieilenden Frauen einen längerandauernden Seitenblick wert waren. Sven brach das Schweigen als Erster.

»Hatten Sie eine gute Fahrt? Lassen Sie uns in eine Gaststätte gehen, es gibt einiges zu besprechen.«

Elmar hob die große Reisetasche, als wäre sie leer und folgte dem Oberkommissar in die Einkaufszone im Bauch dieses riesigen Bahnhofs. Die Männer überragten die meisten Gäste um mindestens einen halben Kopf. In einem Starbucks fanden sie einen freien Tisch.

»Cappuccino oder etwas anderes? Ich hole uns was.«

Elmar streckte den Daumen nach oben und sah dem großen Mann nach, der sich in die Schlange der Kunden einreihte.

Du machst einen unverzeihlichen Fehler, Elmar. Du kannst diesem Mann nicht vertrauen. Er steht auf der verkehrten Seite, wird dich verraten. So sind die Menschen, die noch an das Gute glauben. Noch kannst du gehen ... tu es, Elmar ... verschwinde.

Schon während der Fahrt hatte ihn diese Stimme nicht zur Ruhe kommen lassen, hatte ihn gedrängt, den Zug zu verlassen. Bevor er antworten konnte, näherte sich Spelzer mit einem Tablett, auf dem er auch zwei Snacks balancierte.

»Ich habe mir gedacht, dass Sie nach der langen Fahrt Hunger haben könnten. Welches wollen Sie? Käse oder Kassler? Zucker habe ich auch mitgebracht.«

»Sie scheinen an alles zu denken. Sehr aufmerksam. Nehmen Sie und ich esse das, was übrig bleibt. Bin Allesfresser und nicht verwöhnt.«

Nachdem sie schweigend gekaut hatten, war es nun Elmar, der das Gespräch in Schwung brachte.

»Sie werden es mir wohl kaum glauben, aber es tut mir leid.«

Sven stockte einen Augenblick und die Frage war in seinen Augen schon abzulesen, bevor er sie stellte.

»Was tut Ihnen leid? Sprechen Sie von Ihren Gewalttaten, denen viele unschuldige Menschen zum Opfer fielen, oder wovon?«

»Ich rede von dem, was ich Ihnen und Ihrer Freundin antat. Ich wollte das nicht. Es geschah, ohne dass ich es verhindern konnte.«

»Ich bat Sie nicht, von wo auch immer, zurück nach Deutschland, damit Sie mich zum Affen machen. Verarschen kann ich mich alleine. Versuchen Sie das bitte nicht noch einmal, dann werde ich böse. Das, was Sie taten, ist mit einer Entschuldigung nicht aus der Welt zu schaffen. Es handelte sich zwar in meinem Fall nicht um vollendeten Mord, aber zumindest den Versuch. Hätte mein Kollege Hörster ...«

»Ja, ich weiß das, Spelzer. Es war auch keine Entschuldigung. Es tut mir nur leid. Ich habe es Ihrer Freundin bereits ...«

»Sie können ruhig weiter Karin sagen, ich bin da völlig frei.«

»Also gut. Ich habe bereits mit Karin darüber gesprochen. Sie weiß, dass ich eine multiple Persönlichkeit besitze und es bisher nicht schaffte, diese beiden verschiedenen Personen zu beherrschen. Das hat sich weitestgehend geändert. Dieser Satan gewinnt nur noch die Oberhand, wenn mir Hass entgegengebracht wird oder Gefahr droht. Dann wird es sehr schwierig, ihn zurückzuhalten. Ich bin mir sicher, dass ich auch das eines Tages schaffen werde.«

Sven hatte genau zugehört und die Stirn in Falten gelegt.

»Das hört sich ja gut an. Doch glauben Sie nicht, Pehling, dass ich Ihnen deshalb die Absolution erteile. Den Tod dieser vielen Menschen haben allein Sie zu verantworten. Sie können sich nicht auf den angeblichen Einfluss des Satans zurückziehen, wobei ich diese These auch für sehr abenteuerlich halte. Aber Sie liefern mir eine gute Überleitung zu dem wichtigsten Punkt: Warum sitzen wir hier zusammen, obwohl wir uns doch eigentlich auf grundverschiedenen Seiten befinden?

Ich weiß, dass es verrückt klingt, aber ich möchte Ihre Hilfe in Anspruch nehmen. Dabei stütze ich mich auf einen blöden Spruch. Ich möchte den Teufel mit dem Beelzebub austreiben. Können Sie sich vorstellen, worauf ich hinaus will?«

Elmar lehnte sich zurück. Er dachte ernsthaft darüber nach, aufzustehen und den unverschämten Bullen einfach sitzen zu lassen. Es schmerzte, auf etwas heruntergestuft zu werden, das den Abschaum der Menschheit darstellte. Gleichzeitig glitt Karins Gesicht in seine Gedanken. Die Gefahr, in der sie sich eventuell befand, sollte er aussteigen, war sofort präsent. Der innere Kampf wogte hin und her.

»Sie sind ein unverschämtes Arschloch, Spelzer. Sie locken mich von weit her hierhin, mit der Absicht, mich um Hilfe zu bitten. Ich laufe Gefahr, hier festgenommen und für den Rest meines Lebens weggesperrt zu werden. Nun sitze ich vor Ihnen und Sie haben nichts Besseres zu tun, als mich zu beleidigen. Verhandlungsgeschick war wohl nie Ihre starke Seite, oder irre ich mich da?«

»Verdammt, Pehling, Sie haben da etwas in den völlig falschen Hals gekriegt. Das ist doch nur ein Spruch.«

»Dann würde ich Ihnen empfehlen, Ihre blöden Sprüche für andere Gelegenheiten aufzubewahren. Hier war er absolut unpassend.«

»Gut, gut. Sie mögen recht haben und ich entschuldige mich für den schlechten Einstieg. Ich fange dann noch mal von vorne an. Eigentlich wollte ich auf einige Parallelen anspielen, die bei Ihnen und diesem Mittler eine große Rolle spielen. Bei Ihnen beiden besteht scheinbar eine Verbindung zu Satan. Sie selbst behaupten ja, dass Sie in einigen Situationen von ihm beherrscht werden. Allerdings verfügen Sie über die Gabe, ihn sozusagen abzuschalten. Sehe ich das richtig? Sie können, wenn Sie es wollen, ein völlig normales Leben führen ... sogar Liebe und Freundschaft empfinden.«

Pehling saß Sven mit zusammengekniffenen Lippen gegenüber, wartete ab, was noch kommen würde und schwieg.

»Ich dachte mir, wenn Sie zumindest zeitweise auf einer Ebene sind, gibt es denn dann nicht auch die Möglichkeit, Kontakt aufzunehmen? Ich könnte mir vorstellen, dass dieser Satan, der ja seine Heerscharen ständig erweitern will, so eine Art Netzwerk bildet. Das Leben zeigt uns ja täglich, dass Macht nur dann wirklich überwältigend ausgeübt werden kann, wenn sie über viele Helfer innerhalb eines großen Netzwerkes transportiert wird. Sie wird lediglich von einem an der Spitze gesteuert. Ich bin mir darüber im Klaren, dass ich nicht das Netzwerk ausschalten kann, aber es würde mir schon reichen, wenn ich diesen Mittler ans Kreuz nagle. Dann könnten wir beide Karin aus der Schusslinie nehmen.«

Elmars Züge entspannten sich. Er ließ Svens Worte sacken, konnte seiner Logik und dem verbundenen Wunschdenken sogar etwas abgewinnen.

»Sie erwarten von mir, dass ich freiwillig diese Barriere gegen den Satan wieder aufgebe, die ich mir mühsam aufgebaut habe. Ich soll Ihretwegen wieder den Weg in das Reich des Bösen suchen, nur damit Sie und Karin in Frieden leben können. Ihnen scheint es egal zu sein, was mit mir passiert, wenn das schiefgeht. Sie haben keinen blassen Schimmer davon, was es bedeutet, sich mit diesem Wesen einzulassen. Glauben Sie denn wirklich, er ahnt nicht sofort, dass es ein schmutziges Spiel ist, das ich anstrebe? Er hat solche Spielchen erfunden, Spelzer. Ich muss mich gerade fragen, wer von uns beiden wirklich von ihm besessen ist.«

Jetzt war es Sven, der die Antwort schuldig blieb. Er starrte in seinen Kaffeebecher und wartete die Entscheidung seines Gegenübers ab.

»Ich habe Ihre Taktik bereits durchschaut, Sie verdammter Mistkerl. Sie wissen, dass ich alles für Karin tun würde, da ich diese Frau sehr schätze. Wissen Sie eigentlich, welches Glück Sie haben? Eine solche Frau findet man nur einmal in seinem Leben. Karin würde für Sie ihr Leben geben, was ich ehrlich gesagt kaum nachvollziehen kann. Aber sie hat eine Wahl getroffen und ich akzeptiere diese. Behandeln Sie diese Frau gut, sonst werden wir uns wiedersehen, Spelzer. Selbst, wenn ich dazu aus der Hölle zu Ihnen aufsteigen müsste.«

»Jetzt kommen Sie mal wieder auf die Erde, Pehling. Das wird bestimmt nicht nötig werden. Konzentrieren wir uns wieder auf unser eventuelles Agreement. Halten Sie so was überhaupt für möglich? Könnten Sie herausbekommen, wo sich dieses Dreckschwein befindet? Verstehen Sie mich nicht falsch. Sie sollen ihn nicht aufspüren, um ihn unschädlich zu machen. Das will ich selbst erledigen. Der hat einen meiner besten Freunde hingerichtet. Dafür will ich ihn bestrafen. Er soll dafür leiden.«

Auf Elmars Gesicht zeigte sich wieder ein Lächeln, das aber diesmal zynisch wirkte.

»Willkommen im Klub, Herr Oberkommissar. Das sind ja völlig neue Züge an Ihnen, der doch das Gesetz Buchstabe für Buchstabe befolgen müsste. Sagen Sie mir nicht, dass Sie eine der Todsünden nun doch befallen hat. Horchen Sie mal in sich hinein, ob Sie nicht schon Besuch von meinem Herrn und Gebieter verspüren. Ich sagte ja schon, dass jeder von uns es in sich trägt. Aber nein, ihr Scheißer seid alle Unschuldslämmer. Aber wenn es ans Eingemachte geht, kommt auch bei euch das Biest zum Vorschein.«

»Hören Sie auf, Pehling. Sie machen sich das zu einfach. Was ist nun? Machen Sie mit oder nicht?«

Elmar wurde wieder ernst und musterte seinen neuen Partner erneut.

»Ihr Wort darauf, dass ich unbehelligt bleibe. Sollte es uns wirklich gelingen, das Schwein dingfest zu machen, kann ich wieder abreisen, ohne befürchten zu müssen, dass Sie mich verfolgen.«

Erstaunt blickte Elmar Pehling auf die Hand, die sich ihm über den Tisch entgegenstreckte.

- Kapitel 28 -

Noch lange dachte Sven über das Treffen mit Pehling nach, das ihn mit vielen Fragen überhäufte. Er musste zugeben, dass er einen falschen Eindruck von diesem Mann mit sich herumschleppte, musste sich in einigen Punkten korrigieren. Über das Verhältnis zwischen Karin und Pehling, wenn man es überhaupt so nennen durfte, konnte er sich jedoch auch nach dieser Unterhaltung keinen Reim machen. Er war im Grunde davon überzeugt, dass er keinen Grund zur Eifersucht hatte, konnte den Gedanken aber nicht völlig abschalten. Auf der Frontscheibe seines Passats sammelte sich der leichte Sprühregen, der schon den ganzen Abend die Sicht verschleierte. Seine Hand suchte das Handschuhfach, in dem er für den Notfall eine Erste-Hilfe-Flasche wusste, die schon oft letzte Bedenken wegspülte. Der Cognac brannte angenehm in der Kehle. Genießerisch schloss er die Augen. Als er sie wieder öffnete, suchten seine Augen Karins Fenster. Sie wollte auf ihn warten. Die Gardinen gestatteten lediglich, einen Lichtschein wahrzunehmen. Ab und zu flackerte es in dem Raum, was Sven anzeigte, dass Karin vor dem Fernseher saß.

Noch ein kleiner Schluck, bevor er sie in die Arme nehmen wollte. Das Klingeln des Telefons sorgte dafür, dass sich ein Teil des scharfen Getränkes in die Luftröhre verirrte. Während er hustete, spritzte der Alkohol gegen die Innenseite der Frontscheibe. Sein Gesicht lief rot an. Das Klingeln erstarb wieder, bevor er seinen Atem wieder beruhigen konnte. Sein Blick auf das Display verriet ihm, dass der Anruf von Karin kam. Schlagartig erhöhte sich der Puls und er drückte schon fast panisch die Rückruftaste. Nichts. Niemand nahm ab. Es dauerte nur Bruchteile von Sekunden, bis er ausgestiegen war und auf das Haus zulief. Der Schatten, der sich über das Vordach des Nebenhauses eilig entfernte, entging ihm, als er die Haustür aufschloss und die Treppe hinaufsprintete, vorbei an dem nur angelehnten Flurfenster.

Die Wohnungstür stand einen Spalt offen. Längst hielt er die Waffe schussbereit in der Hand und schob vorsichtig die Tür mit der Schuhspitze auf. Der Lauf zeigte in alle Richtungen, die er einsehen konnte. Nur die harmonischen Töne eines Symphonieorchesters erklangen aus dem Wohnzimmer. Von Karin war nichts zu sehen, was die Angst in Sven in unerträgliche Höhen trieb. Nach einem prüfenden, aber ergebnislosen Blick ins Wohnzimmer suchte er weiter in Bad und Küche. Auf dem Esstisch entdeckte er einen abgedeckten Teller mit allerlei Antipasti, die wohl für ihn gedacht waren, wenn er zurückkam.

Vor dem Schlafzimmer blieb Sven stehen. Er konnte es nicht erklären, was ihn davon abhielt, den Raum zu durchsuchen. Zu oft waren ihm gerade in diesen Räumen die schlimmsten Albträume begegnet. Der Schweiß sammelte sich unangenehm auf seiner Stirn, lief ihm in die Augen.

Oh Gott, lass es nicht zu! Karin liegt jetzt auf dem Bett und wird mich auslachen, weil ich mir solche Sorgen gemacht habe. *Wie albern muss ich wirken, wenn ich mit gezogener Waffe in der Tür stehe.*

Langsam zählte Sven von Fünf rückwärts und spannte den Körper an. Dann sprang er in das Zimmer und sah ... ein leeres, völlig verlassenes Zimmer. Als er auch hinter der Tür nichts Verdächtiges fand, ließ er die Waffe sinken, aber keineswegs beruhigt.

»Verdammt, wo ist sie?«

Viel lauter, als er es beabsichtigt hatte, schrie er die Worte. Geistesgegenwärtig fuhr seine Hand mit der Waffe wieder hoch, als sich eine der sechs Schranktüren im Zeitlupentempo aufsperrte und der Kopf einer verängstigt dreinblickenden Frau dahinter erschien. Die Beine drohten ihm den Dienst zu verweigern, als er sich langsam auf Karin zubewegte.

Als hätte er eine zerbrechliche Porzellanpuppe vor sich, zog er sie endgültig aus dem Schrank und legte seine Arme um sie. Als hätte jemand ein Ventil geöffnet, überkam Karin ein solcher Weinkrampf, wie er ihn noch nie bei dieser starken Frau erlebt hatte. Ganz vorsichtig führte er sie zum Bett, auf das sie sich beide niederließen. Sven gab Karin die nötige Zeit, um wieder die Fassung zu gewinnen, wieder normal sprechen zu können. Aber auch sein Puls musste sich erst beruhigen.

»Er war hier ... in dieser, in meiner Wohnung. Sven, stell dir das vor. Dieser Satan hat es wirklich gewagt ...«

»Beruhige dich bitte, Liebling. Er ist wieder weg und ich werde dich beschützen. Niemand wird dir etwas antun.«

Engumschlungen saßen die beiden noch auf der Couch, während Sven auf Drängen Karins die Leckereien aus Italiens Küche in sich hineinstopfte. Erst nachdem Sven hinuntergelaufen war und die immer noch offenstehende Wagentür geschlossen hatte, erreichte der Gemütszustand der beiden wieder einen normalen Level.

»Willst du mir jetzt endlich erzählen, was passiert ist?«

Karin zuckte zusammen, da sie für einen Augenblick in ihre Gedankenwelt abgetaucht war. Fest umfasste sie Svens Hand.

»Es war ja schon später geworden, als ich es eingeplant hatte. Du warst mit Pehling zusammen ... ich habe mir schon Sorgen gemacht. Schließlich rang ich mich doch dazu durch, dich anzurufen, selbst auf die Gefahr hin, dass ich euch stören würde. Ich hatte schließlich Angst, ihr zwei könntet euch ...«

»Ist schon klar, weiter Liebling.«

»Da nahm ich mein Handy und bin in das Schlafzimmer gegangen. Dort stört mich der Straßenlärm nicht. Als ich mich auf das Bett legte, hörte ich es. Dieses Kratzen an der Tür. Ich wusste sofort, dass du das nicht sein konntest. Sven, das war so schrecklich. Ich suchte nach einem Versteck und verkroch mich dann, wie ein kleines Mädchen, im Kleiderschrank. Ich wählte anschließend deine Nummer und hoffte, dass du verstehst, wenn ich nicht drangehe. Sofort danach schaltete ich das Gerät aus, damit es mich nicht bei deinem Rückruf verrät. Oh, ich danke dem lieben Gott, dass du bereits vor der Tür standest.

Er war hier in dieser Wohnung. Ich sah ihn nicht, spürte ihn aber deutlich. Du kannst es dir nicht vorstellen, was das für ein Gefühl ist, wenn ein solcher Teufel nur wenige Zentimeter entfernt an dir vorbeigeht. Ich wollte am Liebsten laut losschreien. Aber ich hätte sowieso keinen Laut herausgebracht. Die Kehle, weißt du, war wie zugeschnürt. Ich hielt, so glaube ich, zehn Minuten den Atem an. Diese Angst war unglaublich.«

»Doch, Schatz, ich kann es mir vorstellen. Ich habe es selbst ...«

»Entschuldige, Sven, ich vergaß Pehling. Wo wir ihn gerade erwähnen. Wie war dein Treffen mit ihm? Ich platze vor Neugierde.«

Beruhigend strich Sven ihr über das Haar und zog sie wieder näher an sich heran. Er gönnte sich eine kurze Pause, bevor er Karin von seiner Begegnung im Detail erzählte. Immer wieder spürte er diese Zuckungen, die durch Karins Körper liefen und so deutlich machten, unter welchem Schock sie gestanden haben musste.

»... und ihr habt euch nicht gestritten? Du hast ihm ja schließlich ewige Rache geschworen. Das sagt man doch so, oder? Also ich wüsste nicht, was ich tun würde, wenn ich dem Mann begegne, der mich töten wollte. Schön, dass ihr jetzt zusammenarbeitet. Du hast doch niemandem davon erzählt, oder doch? Fugger oder Krassnitz etwa?«

»Aber nein, Schatz. Fugger würde mich sofort vom Dienst suspendieren. Krassnitz ... bei der weiß ich nicht, die würde es wohl verstehen, glaube ich. Jetzt muss ich nur Geduld haben und hoffen, dass Pehling etwas erreicht. Unsere Recherchen verlaufen ja ständig im Sande. Und so langsam wird es für dich gefährlich. Ich habe da übrigens was für dich. Augenblick.«

Sven zog die kleinkalibrige PSM aus dem Fußholster und legte sie auf den Tisch.

»Dies ist eine russische Waffe, die du leicht in der Handtasche verstecken kannst. Bevor du jetzt rumwetterst und mir eine Standpauke hältst, bedenke, dass du zumindest den kleinen Waffenschein besitzt und du dich in ständiger Gefahr befindest. Das gibt dir zwar nicht das Recht, eine solche Pistole mit dir zu führen, aber ich halte den Kopf hin, wenn du sie wirklich einmal benutzen musst.

Das Magazin fasst acht Schuss und es ist ein Rückstoßlader. Das bedeutet für dich, dass du sie nur zu entsichern brauchst und vor dem ersten Schuss einmal den Schlitten nach hinten ziehst. Dann kannst du mit Einzelfeuer schießen. Nimm sie, Schatz, es würde mich sehr beruhigen.«

Als hätte ihr jemand eine Tarantel auf den Teller gelegt, wich Karin zurück und sah mit geweiteten Augen auf das gefährliche Mordwerkzeug.

»Ich glaube nicht, dass ich jemals eine Waffe auf einen Menschen richten und abdrücken könnte. Nimm sie da weg, Schatz.«

»Du wirst, das verspreche ich dir. Denke einmal zwei Stunden zurück und sage mir, was du getan hättest, wäre der Kerl ins Zimmer gekommen. Du würdest erstaunt sein, zu welchen Untaten du fähig wärst, falls man dich oder deine Familie mit dem Tode bedroht.«

- Kapitel 29 -

Sven ging die heutige Planung für weitere Ermittlungen schon gedanklich durch, startete den Wagen und schrak hoch. Es gab einiges zu tun nach diesem abendlichen Besuch. Wieder einmal musste er einen Personenschutz für Karin organisieren. Der Wind, der den feinen Regen vor sich hertrieb, hatte auch etwas erfasst, das zuvor unter seinem Scheibenwischer geklemmt war. Als er diesen einschaltete, löste sich die Folie, die nun zur anderen Straßenseite getragen wurde. Gedankenschnell verließ Sven sein Fahrzeug und spurtete über die Straße, wobei er den wild hupenden Autofahrer übersah, der nur durch eine Vollbremsung einen Zusammenprall verhinderte. Svens entschuldigende Geste beantwortete der mit einer Schimpfkanonade und dem Stinkefinger. Dann brauste er kopfschüttelnd davon.

Svens Schuh beendete die Flucht des DIN-A-4-Zettels, der in Klarsichtfolie zuvor unter seinen Wischer gesteckt wurde. Oberkommissar Spelzer stellte sich in einen schützenden Hauseingang und studierte mit ansteigendem Puls die Nachricht.

Du siehst, dass ich sie immer und überall zu fassen kriege.

Nichts kann sie vor mir schützen. Das ist die letzte Warnung.

Die Zeit rückt näher, dass ich sie mir holen werde.

Dein Gott ist dagegen machtlos.

Sven musste sich an der Hauswand abstützen. Ein kurzer Schwindel ließ ihn schwanken. Sein Blick ging hoch zum Fenster in dem gegenüberliegenden Häuserblock, hinter dem er Karin wusste. Sie war seinem Rat gefolgt, heute ausnahmsweise nicht zur Arbeit zu fahren. Er sah die Straße hinunter, suchte den Wagen mit dem Mann, der als Schutz für Karin in der ersten Schicht abgestellt werden sollte. Ihm fiel derzeit kein Dienstwagen auf. Er nahm sich aber vor, sofort, nachdem er im Büro eingetroffen war, danach zu fragen. Er rollte das Schreiben zusammen und steckte es in die Seitentasche.

Krassnitz stieß auf dem Weg ins Archiv fast mit Sven an der Tür zusammen.

»Ach, gut, dass ich Sie noch erwische. Da liegt ein Zettel auf dem Tisch. Ich meine, dass es eine Prepaid-Nummer ist. Zumindest fand ich bei der Recherche keinen, dem diese Nummer zugeteilt wurde. Der Mann bat darum, dass Sie ihn umgehend zurückrufen sollten. Muss schon sagen, ein sehr netter Anrufer, ich meine, wenigstens so von der Stimme her. Mit dem würde ich mich schon einmal auf ein Date einlassen - ein wahrer Gentleman.«

Sie strahlte über das ganze Gesicht und schwebte über den Gang zum Aufzug.

Wenn du wüsstest, Krassnitz. Das kann doch nur Pehling gewesen sein. Dieser verdammte Hundesohn verstand es wohl, mit Frauen umzugehen.

»Haben Sie es sich endlich überlegt? Es eilt schließlich, verdammt noch mal.«

»Bleiben Sie ruhig. Sind Sie immer so emotional, Spelzer? Das überrascht mich nun aber sehr. Sie müssten doch als erfahrener Polizist viel abgeklärter sein, selbst wenn es die eigenen Leute betrifft. Sie produzieren sonst eventuell Fehler, die Sie nicht mehr rückgängig machen können.

Aber zur Sache. Gibt es etwas Neues? Wenn ich mitmache, muss ich über jede Kleinigkeit im Bilde sein. Um diesen Irren aufzuspüren, benötige ich Informationen. Gibt es Dinge, also Gegenstände, die aus seiner Wohnung stammen, die ich anfassen kann? Sie werden mich wahrscheinlich für verrückt halten, aber ich muss Witterung aufnehmen.«

»Ich glaube, da kann ich helfen.«

Sven berichtete flüsternd von den Ereignissen des gestrigen Abends und von dem Fund am Morgen. Nur das schwere Atmen Pehlings war zu hören. Eine unerklärliche Erregung schien ihn erfasst zu haben.

»Kann ich diesen Zettel haben? Heute noch, wenn es geht. Das könnte den ersten Hinweis auf Mittlers neuen Standort ergeben. Ich werde um zwölf Uhr vor dem Eingang der Grugahalle auf Sie warten. Das kann sehr wichtig für uns sein. Ist Karin sicher, haben Sie dafür gesorgt, dass ...?«

»Ja, beruhigen Sie sich, ich bin doch kein Anfänger. Ich bin gleich am Treffpunkt. Brauchen Sie sonst noch etwas?«

»Haben Sie Bilder von den Tatorten, die Sie mir zeigen können?«

»Bringe Ihnen Kopien mit. Jetzt muss ich Schluss machen, muss noch was erledigen.«

Niemand vom Team stellte Fragen, als Sven die Unterlagen von der Pinnwand nahm und damit ins Kopierzimmer eilte. Jeder hatte seine Aufgabe bei der Suche nach Mittler. Das stand im gesamten Präsidium ganz oben auf der Prioritätenliste. Sven führte noch zwei Telefonate, in deren Verlauf er erfuhr, dass die Rundumbewachung für Doktor Hollmann endlich stand. Mit einer Mappe verließ Sven das Haus und machte sich auf den Weg zur Grugahalle. Pehling schien ihm noch nicht vollends zu trauen, denn er entdeckte ihn erst nach längerem Suchen hinter einer Baumreihe, die Umgebung intensiv beobachtend.

»Verdammt Pehling, wenn ich Sie hätte festsetzen wollen, wäre das bestimmt schon früher geschehen. Wir sitzen derzeit in einem Boot und haben das gleiche Ziel. Hier sind die Unterlagen, ich ... Moment, das Telefon.«

»Was gibt´s? Ich habe im Augenblick ... Was? Wo ist das? Komme sofort hin. Die sollen nichts anfassen! Danke Krassnitz.«

Pehlings Körper versteifte sich. Seine Augen fixierten Sven, warteten darauf, dass Sven sich äußerte.

»Ist was mit Karin? Verdammt, jetzt machen Sie endlich Ihr Maul auf. Was ist passiert?«

Zum zweiten Mal in seinem Leben sah Sven in diese gletscherfarbenen Augen, die signalisierten, dass Pehling kurz vor dem Wechsel seiner Persönlichkeit stand. Er wich einen Schritt zurück und befreite sich von den Händen, die sich in sein Revers gekrallt hatten und ihn schüttelten. Er suchte nach Worten.

»Nein, Karin geht es vermutlich gut. Es wurde eine weitere Leiche gefunden. Mittler hört einfach nicht auf damit. Der scheint komplett vom Töten besessen.«

»Sagen Sie mir, wo es passiert ist und ich werde in der Nähe sein. Vielleicht kann ich seine Spuren verfolgen. Diese Bestien hinterlassen immer Spuren. SIE können die nicht erkennen ... ich schon. Also, wo fahren Sie hin? Setzen Sie mich in der Nähe des Fundortes ab. Los doch, Sie können mir auf der Fahrt berichten.«

Nachdem Svens Beifahrer den Wagen am Schönebeckweg verlassen hatte, fuhr er weiter durch die enge Bahnunterführung, um die Heißener Straße zu erreichen. Das rechts davon liegende Kamptal durchzog ein Wanderweg, auf dem schon von Weitem ein großes Aufgebot an Polizei auszumachen war. Sven fuhr so weit wie möglich heran. Die Schutzfolien für die Schuhe stopfte er sich in die Taschen. Kurz vor Erreichen des Absperrbandes zog er sich die Überzieher an und näherte sich dem Fundort mit einem mulmigen Gefühl, das er sich einfach nicht erklären konnte. Als er das Opfer ausmachen konnte, erfuhr er gnadenlos, warum sich sein Magen meldete. Der Täter hatte Arme und Beine der Frau mit Stricken an umliegende Bäume befestigt, dabei ihre Glieder weit gespreizt. Ihr Mund war mit Klebeband verschlossen. Der Körper lag in einer Mulde, durch das normalerweise ein schmales Rinnsal führte. Das Wasser bedeckte jetzt den gesamten Leib. Sven musste sich abwenden, da die Gefahr bestand, dass sich sein Magen umkrempelte.

Es waren nicht die entsetzt in den Himmel starrenden Augen, nicht die tiefen Wunden in ihrem offen dargebotenen Schritt ... es war das Gesicht. Vor ihm lag Karin.

- Kapitel 30 -

Kurz bevor sich Sven übergab, spürte er Ruhnerts Hand auf seiner Schulter. Der wartete ab, bis Svens an Wahnsinn grenzender Schrei zwischen den umliegenden Baumgruppen verhallt war. Dann schüttelte er den weinenden Mann, der auf den Knien liegend seinen Schmerz herausschrie.

»Spelzer ... kommen Sie hoch. Beruhigen Sie sich doch. Es ist nicht Doktor Hollmann. Genau das wollte dieser Irre uns, vor allen Dingen Ihnen, nur Glauben machen. Es könnte ihre Zwillingsschwester sein, das gebe ich zu ... aber es ist definitiv nicht Karin Hollmann. Ich habe die Leiche untersucht und kann das Ergebnis sicher bestätigen. Wie kann ein Mensch so grausam sein? Dagegen war ja Pehling ein Milchbubi.«

Die Hoffnung in Ruhnert wuchs, den klar denkenden Oberkommissar wieder erreichen zu können, als sich Sven langsam aufrichtete und das Gesicht vom Laub befreite. Er hatte es tief in die lockere Erde gepresst gehabt, eine Maske aus Blättern und Erde bewies es eindeutig. Sven blickte wortlos in Ruhnerts sorgenvolles, aber dennoch lächelndes Gesicht, wechselte dann zu den vielen Polizisten, die regungslos den Zusammenbruch des Kripomannes beobachteten, ohne sich darauf einen Reim machen zu können. Ruhnert half dem Chef des Morddezernates auf, der immer noch völlig konsterniert den Dreck aus seinem Gesicht wischte. Schließlich schlurfte er zum Bachlauf und wusch sich das Gesicht halbwegs sauber.

Ein weiteres Mal sah er auf den nackten Körper dieser Frau, die nicht Karin sein sollte. Er konnte es immer noch nicht fassen.

»Das ist derart pervers, dass ich es anfangs auch nicht fassen konnte. Schlimm genug, dass der Irre sich eine Frau ausgesucht hat, die Karin Hollmann frappierend ähnelt, was ja schon eine harte Nummer ist. Nein, er hat sich eine Todesart ausgesucht, auf die nur der Teufel selbst kommen kann. Wie er sie wirksam für den Finder drapierte, ist Ihnen ja nicht entgangen. Aber Sie müssen wissen, dass dieser kleine Bachlauf normalerweise kaum Wasser führt. Er hat tatsächlich zwei Meter hinter ihr einen Damm gebaut, indem er zwei Bretter in den Boden einließ und mit Ästen im Boden fixierte. Da ja, wie ich schon sagte, kaum Wasser vorhanden war, staute sich das auch nur sehr langsam und füllte die Stelle, wo sie lag, nur äußerst gemächlich.

Das Warten auf den Tod muss sich voraussichtlich über mehrere Stunden hingezogen haben, Schreien konnte sie ja nicht. Sie ist am Ende dieser unerträglichen Wartezeit armselig ertrunken. Die Wunden in ihrer Scham waren zwar äußerst schmerzhaft, sind aber nicht ursächlich für ihren Tod verantwortlich. Er hat ihr ein etwa dreißig Zentimeter langes Kreuz in die Scheide gestoßen. Mehr wird die Obduktion ergeben.

Übrigens hat dieses Schwein an beiden Seiten des Weges Schilder an den Bäumen befestigt, dass der Weg vorübergehend gesperrt ist. Wir können es einem Hund verdanken, der dem Herrchen weglief, dass die Frau überhaupt so schnell gefunden wurde. Meiner Schätzung nach ist der Tod erst vor etwa acht Stunden eingetreten. Sie muss aber seit mindestens zwölf Stunden hier im Wasser liegen.

Ich glaube, dass Sie von dem Mann, der die Polizei anrief, vorerst kein vernünftiges Wort herausbekommen. Der wird gerade von einem Psychologen betreut und sitzt im Einsatzwagen der Feuerwehr.«

Der uniformierte Beamte hüstelte, bevor er sich mit dem Hinweis an den Oberkommissar wandte.

»Ich störe ja ungern, aber es könnte eventuell wichtig sein. Drehen Sie sich bitte nicht plötzlich um, aber da oben auf dem Bahndamm steht ein Mann und beobachtet das Geschehen schon eine gewisse Zeit. Der steht auf etwa sechzehn Uhr. Ich kann gegen die Sonne nur erkennen, dass er eine Jeans trägt und einen dunklen Blouson. Alter etwa Mitte vierzig, circa einhundertfünfundneunzig Zentimeter groß. Soll ich ihn festnehmen lassen?«

»Nein, nein, Herr Hauptwachtmeister, nicht nötig. Der gehört zu meinem Team.«

Sven ignorierte den fragenden Blick von Ruhnert, der hinter ihm durch das Laub stampfte, als er sich zögernd dem Tatort näherte.

»Kollege Ruhnert, haben wir verwertbare Spuren, die uns sagen, wohin sich der Täter gewandt haben könnte, beziehungsweise, ob und welches Fahrzeug er nutzte?«

Sven griff dankbar nickend nach dem Päckchen Papiertaschentücher, das ihm eine nette Beamtin anreichte. Während er auf die Antwort des Ermittlers wartete, wischte er sich die vermeintlich letzten Reste des Waldbodens aus dem Gesicht.

»Und noch was. Können wir die Frau endlich aus dieser Lage befreien und in die Rechtsmedizin bringen lassen? Frau Hollmann wird sich wundern. Scheiße, Scheiße.«

Ruhnert winkte zwei Kollegen herbei und gab entsprechende Anweisungen. Dann kümmerte er sich wieder um Sven.

»Das mit den Spuren wird schwierig. Der Boden hier ist mittlerweile total aufgewühlt worden. Das war aber auch schon so, als wir zum Tatort kamen. Der Mann, der als Erster hier eintraf, hatte seiner Aussage nach, große Mühe, seinen Hund wieder einzufangen und hat mit Sicherheit alles Verwertbare zertrampelt. Auf dem Weg selbst fanden wir etliche Spuren von Bau- und Forstfahrzeugen. Das wäre schon ein Lottogewinn, wenn wir aus den Spuren eine brauchbare ermitteln könnten. Im wahrsten Sinne des Wortes, müsste das schon mit dem Teufel zugehen, wenn wir damit weiterkämen. Die Leute in den umliegenden Häusern behaupten auch, dass sich hier nachts öfter Jugendliche herumtreiben und ihre ersten Versuche ... Sie wissen, was ich meine? Man nennt das hier auch das Buchen-, oder Liebeswäldchen. Kondome finden Sie reichlich.«

»Nun ja, war ja nur ein Versuch. Ich werde mal mein Glück bei dem Mann mit dem Hund versuchen.«

Sven gab den Versuch schnell wieder auf, als er den Mann sah, der mit einem Tropf im Arm auf der Trage lag und die Augen geschlossen hielt.

»Wo bringt ihr den Mann hin?«

»Ins Klinikum, Herr Spelzer. Der ist völlig fertig und wird bestimmt noch einen Tag brauchen.«

Sven bedankte sich bei dem behandelnden Notarzt, der sich wieder dem Psychologen zuwandte. Spontan ging sein Blick hoch zum Bahndamm, wo nun der Schatten von Pehling verschwunden war. Noch einige Minuten beobachtete Sven die Aktivitäten am Bachlauf. Das Zittern in seinen Gliedern hatte sich fast gelegt, als er sich zu seinem Fahrzeug aufmachte. Weit und breit keine Spur seines geheimnisvollen Partners. Er griff zum Telefon.

»Krassnitz, bitte prüfen Sie, ob der Personenschutz für Doktor Hollmann lückenlos besteht. Ich bin auf dem Weg ins Präsidium.«

»Was war denn dort in Schönebeck los, Chef?«

»Das ist eine lange Geschichte. Erzähle ich Ihnen, wenn ich da bin.«

- Kapitel 31 -

Völlig regungslos verharrte die dunkle, mächtige Gestalt neben dem Buchenstamm, der einen langen Mondschatten über die Stelle warf, an der noch vor Stunden die Leiche der Frau im Wasser lag. Der Mann in Jeans und Lederblouson verschmolz mit dem Dunkel der Nacht, hatte die Augen geschlossen. Wären da nicht die leise geflüsterten Worte, die ab und zu seine Lippen verließen, hätte man ihn für einen Teil dieses still daliegenden Waldstückes halten können.

Feuchter Nebel zog über den bereits durchnässten Boden, der in dieser Nacht selbst die geringsten Laute der sonst herumkriechenden Kleintiere verschluckte. Der kleine Hain schwieg heute, schien zu spüren, dass eine gefährliche Macht von der friedlichen Natur Besitz ergriffen hatte. Pehling öffnete die Augen, zeigte das Glitzern der arktischen Kälte. Die Pupillen schienen zu leuchten, als seine in ein Singsang übergehenden Worte anschwollen. Die Luft vibrierte. Die Nebelschwaden verwirbelten genau in dem Augenblick, als die Stimmen aus der Tiefe der Nacht in Pehlings Gedanken einfielen. Von allen Seiten drangen sie auf ihn ein, schrien unablässig.

Hörst du sie? Es sind die Stimmen deiner Opfer, Elmar. Sie warten auf dich in der Ewigkeit. Erst wenn du in mein Reich einfährst, werden sie von ihren Schmerzen befreit sein, können sie sich an dir rächen. Das kann aber ewig dauern, denn ich habe immer noch vor, dir das ewige Leben zu schenken. Doch ich muss feststellen, dass du dagegen aufbegehrst, es ausschlägst, Undankbarer. Das gefällt mir nicht. Du wendest dich gegen mich, deinen Gebieter. Du hast Gefühle entwickelt, die dir tiefes Leid bescheren könnten. Für Liebe und Mitleid habe ich keinen Platz vorgesehen, sie zeugen von Schwäche. Die Schwachen werden ausgemerzt, sollen in meinem Feuer vergehen.

Warum willst du deinen Bruder stoppen, der doch nur meine Befehle ausführt? Er tut das, wofür ich dich vorgesehen hatte. Er hat verstanden, wie diese Welt der Menschen funktioniert. Gewalt, Krieg und Terror hat er gesehen, hat das alles gelebt. Nun wird er mein Reich auf dieser Welt errichten. Komm zurück und ihr werdet gemeinsam so unglaublich mächtig sein, dass euch nichts zu stoppen vermag.

Elmar Pehlings Gesang war verstummt, von einer Sekunde zur nächsten. Nur das Leuchten seiner Augen war angestiegen. Die Pupillen erkannten in den Nebelschwaden etwas, das nur er sehen konnte.

Der, den du meinen Bruder nennst, weiß nicht mehr, was er da tut, er ist außer Kontrolle geraten. Er richtet sich gegen mich, denn er muss wissen, dass ich diese Frau beschütze. Die Gewalt gegen sie darf ich nicht dulden. Ich werde ihn stoppen und töten, mit oder ohne deine Hilfe. Eines Tages wird er nach der höheren Macht greifen. Nach der Macht, die du bisher zu verkörpern glaubst. Er wird auch dich bekämpfen, wenn du ihm nicht Einhalt gebietest. Er ist keiner deiner Jünger, keiner deiner Verehrer ... er versucht, dir eines Tages ebenbürtig zu sein, dir die Krone zu entreißen. Ist es das, was du willst?

Die Schwingungen in der Luft verstärkten sich augenblicklich. Elmar glaubte, ein tiefes Grummeln zu vernehmen, wartete ab. Schließlich war diese Stimme wieder da. Aus dem Grollen entstanden Worte, die tief in Elmars Bewusstsein eindrangen und seine Wut gegen diesen selbstherrlichen Satan weiter anfachten.

Du bist ein Fuchs, ein hinterhältiger Wurm, der glaubt, in mir Zweifel und gezielten Hass zu sähen. Doch du vergisst eines, mein Freund: Ich selbst bin der Hass ... ich habe ihn erfunden. Aber ich kann mich nicht vollends deiner Argumentation verschließen. Mittler ist nur einer von vielen, die mir folgen und meine Befehle ausführen. Er ist der Einzige, der den vorgeschriebenen Pfad verlässt und die Aufmerksamkeit der Öffentlichkeit, der Kirchen unnütz auf sich zieht. Das ist zu früh. Meine Stärke ist, das Reich im Untergrund zu errichten und eines Tages an die Oberfläche zu bringen. Er gefährdet dieses Vorhaben, indem er wahllos mordet und das als mein Werk deklariert. Das ist es zwar, aber zu viele werden danach gegen mich sein, mich bekämpfen. Ich nutze die Zeit, denn die wird kommen.

Ich gestatte dir, ihn zu stoppen. Es bedeutet aber nur, dass ich dir keine Steine in den Weg lege. Wie du das erreichst, ist mir egal. Solltest du es schaffen, ihn zu besiegen, werde ich dich an deine Aufgaben erinnern. Also gehe hin, erledige, was du glaubst, tun zu müssen.

Im gleichen Augenblick, als die letzte Silbe verklang, ebbte auch die Spannung ab, die sich über den kleinen Wald gelegt hatte. Erstes Rascheln kam aus dem Unterholz, das Fiepen der Mäuse zeigte an, dass die Normalität wieder eingezogen war. Elmar verlor seine Starre und ging hinunter zum Wasserlauf. Der künstliche Staudamm war beseitigt worden, sodass das Rinnsal wieder träge dahinfloss. Das abfließende Wasser hatte etwas freigegeben, das augenblicklich Elmars Aufmerksamkeit erregte. Er bückte sich und hob die pechschwarze Katzenpfote auf, die er fast übersehen hatte. Da war es wieder, dieses so geheimnisvolle Lächeln, das den markanten Mund dieses Mannes umspielte.

- Kapitel 32 -

»Ich werde nicht den Schwanz einziehen, Sven. Du sagst, dass Mittler nicht an mich herankommt, da ich ständig bewacht werde? Siehe das doch einmal so. Hat irgendwer verhindern können, dass Pehling mich besuchte? Trotz deiner geschulten Bewacher ist es ihm immer gelungen, mit mir zu sprechen. Du kannst diese Mörder nicht wie normale Menschen sehen. Sie besitzen etwas, das unsere Vorfahren oder die Eingeborenen noch besaßen, den animalischen Instinkt. Manchmal beschleicht mich das Gefühl, als hätte ich es tatsächlich mit Gespenstern zu tun. Ich denke, Flucht und sich verstecken ist keine Option.«

Besser als jeder andere wusste Sven, dass sie recht hatte. Er suchte nach Möglichkeiten, Karin aus der Schusslinie zu nehmen. Grundsätzlich fehlte ihm jegliche Erklärung dafür, warum sich diese beiden Killer ausgerechnet immer Karin als Zielperson aussuchten. Es musste etwas geben, was sie für diese Bestien so bedeutend machte. Sein rationales Denken schob den Gedanken schnell wieder beiseite, sie könnte für diese Diener des Satans eine mögliche Gefahr darstellen, oder sogar ein Medium. Schon Pehling damals behandelte Karin ausgenommen seltsam. Die Vermutung lag nahe, dass die gute Seite in ihm verhindern wollte, dass das Böse ihr Leid antut. Das würde auch erklären, warum er sich derart selbstaufopfernd wieder für sie einsetzte. Sogar sein Leben brachte er für Karin in Gefahr. Diese Frau war etwas Besonderes – in jeder Beziehung.

»Hörst du mir überhaupt zu, Sven? Wo warst du gerade mit deinen Gedanken? Ich habe mir schon überlegt, ob ich für diese süße Pistole, die du mir untergejubelt hast, silberne Patronen brauche. Habe das irgendwann in einem Film ...«

»Verirre dich bitte nicht in diesen Vampirtrip. Das ist ganz was anderes und gehört in die Welt der Fantasie und Gruselgeschichten. Morgen erwartest du noch von mir, dass ich dir Knoblauch in die Wohnung hänge und dir Holzpfähle im Baumarkt besorge. Das ist kein Vampir – nur ein kranker Geist, der glaubt, dem Satan dienen zu müssen. Dem werde ich auch mit normalen Mitteln beikommen. Schatz, glaube mir, der blutet so wie du und ich.«

Sven bemerkte den skeptischen Seitenblick seiner Angebeteten. Sie zog ihm neckisch am Ohrläppchen.

»Wenn du das so locker betrachtest, drängt sich mir jedoch die Frage auf, warum du einen Serienkiller wie Pehling um Hilfe gebeten hast. In dem Punkt hinkt deine Argumentation. Sei bitte ehrlich. Du möchtest mich nur beruhigen. Ich finde das ja auch sehr lieb von dir. Da gibt es nur einen Haken. Wenn wir die Gefahr verharmlosen, könnte es sein, dass ich sie nicht ernst nehme und Fehler begehe.

Fakt ist nun einmal, dieses Tier will mich töten. Wie das aussehen könnte, hat er uns ja schon beeindruckend gezeigt. Ich werde mich ihm stellen. Ob es dir passt oder nicht! Wie geht es jetzt weiter, Herr Oberkommissar? Lass uns in die Schlacht ziehen.«

Sven genoss es, dass Karin sich von hinten näherte, das Kinn auf seine Schulter legte und die Arme um seinen Brustkorb legte. Beide sahen auf die Straße, wo ein Polizei-Kollege aus seinem Wagen stieg und den Bewachungsdienst an einen Kameraden übergab. Trotz dieses zusätzlichen Schutzes befiel Sven ein ungutes Gefühl. Ein kampferprobter Mann, wie Mittler es nachweislich war, ließ sich bestimmt nicht von einer Einzelperson aufhalten, die den Besucherverkehr für dieses Haus überwachte. Karins Frage holte ihn aus seinen Gedanken.

»Was hast du mit Pehling besprochen? Wie sieht eure Vereinbarung überhaupt aus? Ich kann es immer noch nicht glauben, dass du dich eines Teils seiner Psyche bedienst, um diesem Teufel Mittler habhaft zu werden. Ich habe Angst um dich, Sven. Ich werde das Gefühl nicht los, dass du gar nicht die Absicht hast, ihn zu fassen und der irdischen Gerichtsbarkeit zuzuführen. Ist es nicht auch so? Sei ehrlich zu mir, Schatz. Ich kann es sogar verstehen. Aber tief in mir frisst ein Gedanke, der mir sagt, dass du dabei den Tod des Mannes in Kauf nimmst, der dir seine Hilfe angeboten hat. Sage mir, dass es nicht wahr ist, bitte. Ich könnte es dir wahrscheinlich niemals verzeihen.

Verstehe mich nicht falsch, Sven. Niemals werde ich seine schlimmen Morde verzeihen können, aber du tötest auch damit den menschlichen Teil in ihm. Pehling ist nicht mit Mittler vergleichbar. Er hat es fast geschafft, sich vom Satan loszusagen. Er soll eines Tages für seine Taten büßen, aber das ist nicht unsere Aufgabe.«

Karin entging nicht, dass sich Svens Körper versteifte. Sie hielt ihn zurück, als er sich von ihr lösen und hinsetzen wollte. Ihre Augen flehten ihn an, ihr die Ängste zu nehmen. Immer wieder versuchte sie, seinen Blick einzufangen, der durch den Raum irrte, fliehen wollte.

»Sag es mir endlich, verdammt. Du selbst wirst nicht damit klarkommen, Sven. Es würde dich dein Leben lang verfolgen, weil es wider deine Natur ist. Lass dir von ihm helfen ... aber lass ihm auch eine kleine Chance ... bitte hilf ihm. Ich bin mir ziemlich sicher, dass er notfalls sein Leben für uns beide opfern würde, weil er tatsächlich glaubt, damit wieder Dinge gutmachen zu können, die er zu verantworten hat.«

»Du glaubst, dass er es für UNS opfern würde? Habe ich das richtig verstanden? Er würde es für DICH geben, mein Schatz ... nicht für mich. Ich bin ihm nur im Wege.«

Sven musste es einfach hinauslassen. Es steckte fest in seiner Seele und wollte befreit werden. Im gleichen Augenblick, als er es hinausschrie, bereute er es schon wieder. Die Traurigkeit in Karins Augen veranlasste ihn, sie an die Brust zu ziehen und fest zu umklammern. Karin wehrte sich nicht.

»Du verstehst gar nichts. Du willst es auch gar nicht verstehen. Es hat sich bei dir unauslöschlich eingebrannt, dass dieser Mann mich begehrt. Du kannst mit deiner verfluchten männergeprägten Logik nicht begreifen, dass es auch Freundschaften, tiefe Verbindungen zwischen Menschen geben kann, ohne dass sie in Fleischeslust übereinander herfallen. Ja, verdammt, ich mag diesen Mörder ... aber ich liebe ihn nicht. Kannst du das nicht endlich begreifen? Erkennst du nicht den Unterschied?«

Lange standen sie eng umschlungen und schweigend im Zimmer, hingen ihren Gedanken nach, bis Sven endlich die erlösenden Worte sprach, die Karin vor Erleichterung zittern ließen.

»Er wird meine Hilfe bekommen, so wie ich seine erhalte. Ich verspreche es dir hier und heute. Selbst wenn es mein eigenes Leben kostet.«

»So weit wird es nicht kommen, Schatz. Ihr werdet ihn gemeinsam zur Strecke bringen und wenn es sein muss, auch zurück zum Teufel schicken. Ich danke dir ... und Pehling wird es auch tun, glaube mir.«

- Kapitel 33 -

Warum in Teufels Namen zwingt es mich immer wieder in diese Gegend, wenn Böses geschieht oder wenn es sich zu verstecken versucht? Irgendwo hier musste dieser Satan den Eingang zur Hölle verborgen halten.

Regungslos stand Elmar Pehling auf einem Mauerteil der alten Isenburg und starrte über den Baldeneysee. Jetzt, um zwanzig Uhr, verdeckten Nebelbänke die freie Sicht über die traumhaft schöne Landschaft. Die letzten Reste der untergehenden Sonne färbten den Himmel orange und drängten Elmar Gedanken auf, die ihn nach Cervia führten. Die flehenden Augen Lucias standen geisterhaft vor dem unendlichen Horizont der Adria. Das Vibrieren der Katzenpfote in seiner Hand holte ihn brutal aus den wunderschönen Träumen.

Für ihn stand fest, dass sich Mittler irgendwo in dieser Gegend versteckte. Bis hierher war er einer Spur gefolgt, die ihm sein Gefühl vorgab. Was und wer ihn lenkte, konnte er nur ahnen. Elmar drehte sich um und blieb vor der großen Bruchsteinmauer mit dem noch erhaltenen Fenster stehen. Wieder sah er das Bild von diesem schmuddeligen Mörder

Kleinert vor sich, den er damals genau hier hinrichtete und ausweidete. Eine Tat, die zwar in seiner Erinnerung blieb, ihm jedoch nicht mehr dieses angenehme Kribbeln verschaffte. Seine Schritte führten ihn immer weiter durch den Wald, Richtung Heisinger Straße. Eine gewisse Nervosität konnte er nicht unterdrücken, denn er näherte sich Meter für Meter dem Schellenberger Wald, der auch ihm einst ein Zuhause bot. Er hatte sich geschworen, niemals wieder dieses Haus der Verdammnis freiwillig zu betreten.

Sollte etwa sein Haus ... hatte sich dieser Wahnsinnige tatsächlich ...? Das durfte einfach nicht sein. Das wäre selbst für den Teufel zu verwegen.

Die Vibrationen in der Katzenpfote bestätigten jedoch sehr deutlich, dass er sich dem Ort näherte, an dem er diesen satanischen Killer finden würde. Hier kannte er jeden Zentimeter des Bodens, wusste genau, wie er sich unbemerkt anschleichen konnte. Er lief in einem großen Bogen um das Zielgelände herum, um einem eventuellen Beobachter nicht durch die Laternen der Straße, einen verräterischen Schatten zu liefern. Elmar würde sich selbst belügen, wenn er dieser Riesensilhouette des alten Hauses Wehmut hätte abringen können. Selbst auf ihn, der jahrelang darin wohnte, übertrug sich plötzlich ein Gefühl der Bedrohung.

Obwohl sich in ihm der Reiz ausbreitete, einzudringen und den Mann auszuschalten, der Karins Leben bedrohte, erinnerte er sich an die Vereinbarung, diesen Oberkommissar zu informieren. Noch während er nach dem Telefon in seiner Seitentasche griff, erreichte ihn eine Welle, die allerhöchste Gefahr ausstrahlte. Genau dieses Gefühl hatte ihn bisher vor der Entdeckung bewahrt, ihm die rechtzeitige Flucht ermöglicht. Er duckte sich tief hinter den Stamm der Buche. Im gleichen Augenblick hörte er, wie sich nur Zentimeter über seinem Kopf etwas Gewaltiges mit irrsinniger Gewalt in den Stamm bohrte. Er warf sich in den Dreck des Waldbodens und lauschte. Die Gewissheit, genau hier auf seinen Gegner getroffen zu sein, hatte sich eindrucksvoll bestätigt. Die jetzt eingetretene Dunkelheit einer mondlosen Nacht schützte ihn, aber auch Mittler vor der Entdeckung. Vorsichtig tastete er nach dem Telefon, das ihm beim Hinwerfen aus der Hand geglitten war. Immer wieder stockte er, witterte in alle Richtungen. Nichts. Absolute Stille. Wieder einmal schwieg selbst die Natur, weil sie spürte, dass sich genau in diesem Augenblick ein Teil der Hölle auftat. Das Böse schlich über den Waldboden.

Die Fingerspitzen berührten den glatten Kunststoff des Mobiltelefons. Elmar schob sich näher heran und griff zu. Wieder wartete er ab, ob die Gefahr in seiner unmittelbaren Umgebung lauerte. Er hörte nur seinen eigenen Atem. Seine Finger fuhren über die kleinen Tasten des Gerätes, suchten die Ziffern, die er sich eingeprägt hatte. Als er die letzte Zahl gewählt hatte, schaltete er das Telefon auf stumm und legte es mit dem Display nach unten auf den Waldboden. Er hörte nicht, ob er Spelzer erreichte, horchte nur in die Dunkelheit. Das Telefon bedeckte er mit Laub und robbte vorsichtig zum nächsten Baum.

Wieder dieses hässliche Klatschen, mit dem sich ein Geschoss in das Holz des Stammes bohrte. Dann lähmte ihn die Stimme eines Mannes, die mit nichts vergleichbar war, was er jemals hörte. Fast ein Flüstern, und doch so laut, dass sie ihn erstarren ließ.

»Glaubst du wirklich, dass ich dich verfehlt habe? Ich könnte dich auf der Stelle töten, du Wurm. Dreh dich langsam um und sieh mich an!«

Elmar versuchte, seine Atmung und den Puls zu kontrollieren, zählte von acht rückwärts und drehte sich vorsichtig auf den Rücken. Nie zuvor wäre es einem Menschen gelungen, sich unbemerkt an ihn heranzuschleichen. Sein Instinkt warnte ihn stets vor Gefahren. Ihm wurde genau in diesem Augenblick eines klar. Wohl weil er sich einen Teil zu weit von ihm lossagte, hatte der Satan sein Versprechen gebrochen und ihn in diese Falle laufen lassen. Wie konnte er auch nur an ein faires Spiel mit diesem Partner glauben? Die gespannte Armbrust zielte genau auf seinen Kopf.

- Kapitel 34 -

Karin, deren Kopf in Svens Schoß ruhte, fuhr schon beim ersten Klingeln hoch. Trotz der Anspannung waren ihr für einen Augenblick die Augen zugefallen, während Sven den Melodien einer Oldie-CD folgte. Nach vielen Tagen der Anspannung waren sie beide wenigstens für eine kurze Zeit etwas runtergekommen. Die Buchstaben *EP*, die auf dem Display von Svens Telefon auftauchten, sagten ihr auf den ersten Blick nichts. Erst als er mit aufgerissenen Augen nach dem Gerät griff und es an das Ohr riss, ordnete sie die Buchstaben Pehling zu. Sven meldete sich, horchte angestrengt.

»Wo liegt dein Telefon? Schnell, ich muss telefonieren.«

Karin wühlte hektisch in ihrer Handtasche und reichte Sven das Smartphone.

»Hier ist Oberkommissar Spelzer vom Morddezernat. Ich benötige sofort eine Handyortung von der folgenden Nummer. Rufen Sie mich bitte nicht auf der Dienstnummer zurück, sondern auf der, die Sie gerade im Display sehen. Auf dem Diensthandy bin ich gerade mit der Nummer in Kontakt, die Sie orten. Haben wir uns verstanden? Nun, dann los. Und bitte schnell. Es geht um Leben und Tod.«

Sven sprang auf und eilte zum Festnetzgerät.

»Krassnitz? ... Ja, ich weiß, dass es schon spät ist und dass Sie gerade die Outlander-Serie gucken. Tut mir leid, aber ich brauche Ihre Hilfe. Sie haben doch die Alarmliste. Ich spreche von der mit den Privatnummern des engeren Teams. Rufen Sie bitte die Leute an und sagen denen, dass sie Gewehr bei Fuß stehen sollen, bis ich ihnen sagen kann, wo wir uns treffen. Es könnte sein, dass wir den Dreckskerl heute noch kassieren werden. Kann ich mich darauf verlassen?«

»Aber Chef, was soll denn diese Frage? Was ist denn passiert?«

»Morgen, Krassnitz ... alles Morgen. Ich erwarte einen wichtigen Anruf.«

Er knallte den Hörer auf die Gabel und ließ sich wieder auf die Couch fallen. Karin konnte sich nur durch eine schnelle Ausweichbewegung aus der Gefahrenzone bringen.

»Könntest du mich jetzt endlich darüber aufklären, was hier gerade abgeht? Es hat mit Pehling zu tun, das ist mir mittlerweile klar. Doch warum wird dein Sonderkommando einberufen? Ist Elmar in Gefahr? Du musst es mir sagen, Sven. Was ist mit ihm, verdammt noch einmal?«

Lauter, als sie es eigentlich beabsichtigte, schrie sie ihm die Fragen entgegen. Er antwortete mit einem Schulterzucken.

»Ehrlich gesagt, ich weiß es nicht wirklich. Aber es könnte sein, dass ihm etwas zugestoßen ist. Er hat versucht, mich anzurufen, er geht aber nicht ans Telefon, obwohl die Verbindung noch steht. Da stimmt was nicht. Und genau das will ich herausfinden. Vielleicht ist es ja ein Fehlalarm, aber ich will da ganz sicher gehen. Ich habe es dir doch auch versprochen, oder?«

»Was glaubst du denn, was ...?«

Das Klingeln ihres Telefons unterbrach sie. Gedankenschnell griff Sven danach und meldete sich.

»Was habt ihr? Wo kommt der Anruf her?«

»Moment noch, Herr Spelzer ... kleinen Moment noch. Einen Messpunkt brauchen wir noch. Da kommt er gerade. Ja, jetzt haben wir ihn. Der Anruf kommt aus dem Essener Süden ... ich hole mir das Gebiet etwas größer auf den Schirm ... genau im Heissiwald, etwas abseits von der Heisinger Straße. Soll ich Ihnen die Koordinaten geben?«

»Nein, nein, ich glaube, ich weiß, woher der Anruf kommt. Vielen Dank für die schnelle Arbeit.«

Völlig konsterniert dreinschauend, legte Sven das Telefon auf den Tisch und starrte Karin an.

»Jetzt sag doch was. Muss ich mir Sorgen machen? Wo ist Elmar Pehling?«

»Er ... er müsste wieder an seiner alten Wirkungsstätte im Heissiwald sein. Was, in Gottes Namen, macht er da? Der wird doch nicht ...?«

Sven griff nach dem Schulterholster mit der Waffe, das er auf dem Sideboard in der Diele abgelegt hatte. Während er alles umschnallte und das Magazin überprüfte, schlüpfte Karin in ihre Sportschuhe und streckte die Hände nach ihrer Jacke aus. Plötzlich spürte sie Svens harte Hand, die ihren Arm umspannte.

»Nein, meine Liebe, daraus wird nichts. Auf keinen Fall werde ich dich dahin mitnehmen. Das könnte ein sehr gefährliches Unternehmen werden, zu dem ich dich auch gar nicht mitnehmen dürfte. Du wirst hierbleiben und die Koordination übernehmen. Zieh bloß schnell wieder deine Pantoffeln an und schwing deinen süßen Hintern ans Telefon. Krassnitz muss informiert werden, damit sie die Jungs an die richtige Stelle beordert. Die wissen alle, was zu tun ist. Schatz, sei mir bitte nicht böse. Ich brauche dich jetzt hier in der Kommandozentrale. Sage Krassnitz, dass ich vor Ort auf die Leute warte. Und du wirst keinen Schritt vor die Tür setzen! Das ist ein Befehl, Fräulein. Draußen ist es für dich viel zu gefährlich, denn ich weiß nicht, was dieser Mittler plant. Den Kollegen unten werde ich aus dem Wagen in den Hausflur beordern. Ich muss jetzt los.«

Den flüchtigen Kuss nahm Karin mit versteinertem Gesicht entgegen.

- Kapitel 35 -

Elmar hatte davon gehört, dass der Bolzen einer Armbrust den geräuschlosen und sicheren Tod brachte und selbst auf große Entfernung noch erheblichen Schaden anrichten konnte. Für einen Gegenangriff war es jetzt viel zu spät, zumal es sich bei Mittler um einen trainierten Killer handelte. Er war dazu ausgebildet worden, den Tod zu bringen. Entgegen seinem Grundauftrag in der ISAF wurde er vermehrt für geheime Kommandoeinsätze in Afghanistan eingesetzt. So beschrieb es Spelzer, als sie über diesen Irren sprachen und Elmar erinnerte sich an diese Beschreibung seines Gegners in diesem Augenblick sehr genau.

Vorsichtig erhob er sich, den Blick unablässig auf Mittler gerichtet. Er hatte gelernt, dass sich jede kommende Aktion zuvor in den Pupillen des Gegners abzeichnete. Er machte sich keine Illusionen darüber, dass er dem Geschoss der Armbrust ausweichen könnte, aber er wollte jede kleinste Schwäche Mittlers zu seinem Vorteil ausnutzen. Allerdings standen seine Chancen diesbezüglich mehr als schlecht. Elmar folgte der Bewegung der Waffe und wandte sich zum Eingang des Hauses. Noch immer vermisste er die Trittgeräusche des ihm folgenden Mannes, der zu schweben schien. Selbst ein Mann wie Pehling beschlich allmählich ein Gefühl der Furcht. Niemals zuvor stand ihm ein dermaßen ebenbürtiger Gegner gegenüber, zumal der auch noch vom Satan besessen war. Jede Sekunde wartete er auf den todbringenden Schuss, befürchtete allerdings gleichzeitig, dass dieser Wahnsinnige etwas Besonderes für ihn vorgesehen hatte. Für ihn galt es im Augenblick, den Zeitfaktor ins Spiel zu bringen, denn seine gesamte Hoffnung stützte sich darauf, dass Spelzer ihn suchen und hoffentlich auch finden würde.

»Nicht die Tür, Elmar! Du kennst doch den geheimen Eingang bestens. Den nehmen wir. Du gehst voraus zur Hütte.«

Der kräftige Tritt mit dem Stiefel in die Nieren ließ Pehling nach vorne stolpern. Er spürte, dass sich diese unbändige Wut, ein mörderischer Hass in seinem Inneren aufbaute. Es geschah nicht in der Geschwindigkeit wie früher, aber es kam in kleinen Schüben hoch. Die Augen nahmen wieder die Eiseskälte der arktischen Gletscher an. Sie gingen um das Haus herum, das in absoluter Dunkelheit eine immense Gefährlichkeit ausstrahlte. Es war die Atmosphäre, die von ihnen normalerweise gesucht wurde. Heute empfand es sogar Elmar anders, da diesmal er das Opfer sein sollte. Annähernd konnte er nachvollziehen, wie es die Menschen empfunden haben mussten, die er früher durch das Tor zur Hölle schleppte. Er versuchte, den kurz andauernden Anfall von Furcht niederzuringen.

Schweigend und völlig geräuschlos glitten diese beiden großen, durchtrainierten Männer durch den schmalen Gang, dessen feuchte, glitschige Wände das wenige Licht, das die Kerzen an den Wänden verbreitete, widerspiegelten. Keinen von ihnen störte der Modergeruch, der seit Elmars letzten Aufenthalt noch stärker geworden war. Er wusste genau, welche Zelle, in denen er früher seine Opfer aufbewahrte, sie gerade passierten. Als sie an dem Raum vorbeikamen, in dem er damals Karin beherbergte, verharrte er für einen Moment, versuchte, einen Blick hineinzuwerfen. Die Stiefelspitze traf ihn erneut in der rechten Niere und ließ ihn in den Knien einknicken. Der Schmerz, als er auf seiner Prothese aufschlug, raste durch den gesamten Körper. Er warf sich herum, sprungbereit und sah in das grinsende Gesicht Mittlers. Der hielt in angemessenem Abstand weiterhin die Armbrust auf Elmar gerichtet.

Fünf Meter weiter, nachdem sich Elmar wieder hochgerappelt hatte, stoppte er vor der stabilen Stahltür, hinter der er den Folterraum wusste. Mittler gestattete ihm diesen Moment, wohlwissend, dass Pehling klare Bilder von dem hatte, was auf ihn wartete. Doch da würde er ihn enttäuschen müssen.

Wie von Geisterhand öffnete sich diese Tür und gab den Blick auf eine komplett veränderte Szenerie frei. Die Folterbank stand jetzt vor einem Altar, der, mit Blut überzogen, von einem riesigen Kerzenleuchter dominiert wurde. Die flackernden Flammen schienen losgelöst weit über dem Kerzendocht zu schweben. Sie veränderten permanent die Grundfarben von Orange über Rot bis hin ins Bläuliche. Es hatte den Anschein, als tanzten sie in freudiger Erwartung.

An dem Gitter, das an der wassertriefenden Wand angeschlagen war, erkannte Elmar den Kadaver einer schwarzen Ziege, deren Blut den gesamten Kellerboden besudelte. Obwohl größtenteils bereits eingetrocknet, blieb der Boden glitschig. Die Ketten, die von der Decke herunterhingen und träge hin- und herschwangen, schienen ihn zu verhöhnen. Eine Kohlepfanne, die einem überdimensionalen Gartengrill ähnelte, enthielt einen fast weißglühenden Inhalt. Dieses alles ließ ahnen, was Mittler für sein Opfer vorbereitet hatte. Er schob Elmar auf die schwingenden Ketten zu, zeigte ihm wieder stumm an, dass er die Handschellen, die an den Enden befestigt waren, anlegen sollte. Es fiel Elmar schwer, dem Befehl zu folgen, da er sich damit seiner letzten Fluchtmöglichkeit beraubte.

Die auf ihn gerichtete Armbrust nahm ihm die Entscheidung ab. Trotzdem war die Überlegung da, den schnellen Tod durch den Bolzen zu wählen, bevor er in das Martyrium der unendlichen Schmerzen eintauchte. Die letzte Hoffnung auf Hilfe von außen gab den entscheidenden Anstoß. Nun hieß es für ihn, Zeit zu gewinnen.

Mit gemischten Gefühlen erinnerte ihn diese Situation an seinen Aufenthalt in dem Gelsenkirchener Schlachthaus, als ihn dieser Serbe Stojan Kladicz in die Mangel nahm. Seine Befürchtung war, dass er diesmal nicht nur mit kleineren Blessuren davonkam.

»Na, fühlst du dich wohl, mein Freund? Ich habe alles dafür vorbereitet, damit du glücklich sein kannst. Wir sind jetzt ganz unter uns und können miteinander spielen.«

Es war die Stimme des Satans selbst, die er noch gestern im Wald hörte. Nur dass sie heute nicht in seine Gedanken eindrang, sondern als reales, gefährliches Flüstern aus der Kehle dieses Mittler zu ihm sprach.

»Warum brichst du dein gegebenes Wort? Du willst selbst die leiden lassen, die deinem Wort folgen? Das verstehe ich nicht.«

»Warum ich dich bestrafe, willst du Unwürdiger wissen? Du dienst mir schon so lange und hast noch immer nicht begriffen, dass ein gebrochenes Wort zu dem Gesamtbild des abgrundtiefen Bösen gehört. Vertraue niemandem. Ist es nicht dein eigenes Grundprinzip von jeher gewesen? Hat das nicht dein Tun bestimmt? Nein, lass mich nachdenken. Das stimmt nicht. Du hast bei dieser Frau in Ochtrup ... hieß sie nicht Melanie? ... das erste Mal versagt. Nur wegen des Balgs, das ihr irgendein Kerl in diesen verfluchten Körper gepflanzt hat, bist du vom Weg abgewichen und hast Gefühle gezeigt, die du nicht haben solltest. Meine Lehre war auf einen Schlag vergessen. Dieses Kind der Schande von dieser Schlampe hättest du lieber fressen sollen. Schon in diesem grässlichen Buch der Apokalypse steht geschrieben von dieser Frau, die ein Kind gebärt. Das hat jedoch der eigene Vater ans Kreuz nageln lassen, nichts dagegen unternommen. Das gefiel mir.

Ich verehre auch die Frauen, die bereit sind, ihre Kinder schon im Mutterleib töten zu lassen. Diese Bälger hole ich mir alle und fresse sie bei lebendigem Leib.«

Elmar gefiel nicht, was er hörte, wollte aber diese Hasstiraden nicht stoppen. Sie brachten ihm kostbare Zeit, aber auch vielleicht seinem möglichen Retter.

»Warum konzentriert sich dein Hass so sehr auf Kinder? Sie haben doch noch keine Schuld auf sich geladen.«

Mittler kam näher heran. Elmar konnte seinen übel riechenden, heißen Atem spüren. Ohne seine Angst zu zeigen, erwiderte er den Blick aus diesen zu Schlitzen zusammengezogenen Augen.

»Genau das ist es doch, du dreckiger Verräter. Sie sind unschuldig. Sie sind es solange, bis sich ein Elternteil oder ein Onkel an ihnen vergeht. Diese doch so christlich erzogenen Jünger Gottes gehen sonntags in den Tempel ihres so gnädigen Gottes, um anschließend ihre eigenen Kinder zu vergewaltigen. Du glaubst nicht, wie ich diesen Frevel genieße. Das ist aber auch die Lehre dieses Christengottes. Gerade du solltest es wissen. Es gibt nur einen Gott für jene, die hassen, dieser Gott bin ich! Nur ich bin allmächtig. Ihr müsst den anbeten, der die Macht wirklich in sich trägt.«

»Du vergreifst dich aber dann an Wehrlose, die noch nicht die Chance hatten, Verbotenes tun. Du beraubst dich doch selbst deiner Jünger.«

Mittler lief nun wie ein Raubtier um Elmar herum. Schweißperlen überzogen längst seinen Körper, liefen über die Muskeln und Sehnen, die sich unter dem durchscheinenden Hemd abzeichneten.

»Du sprichst von unschuldigen Kindern? Ja, das sind sie, solange sie in diesem erbärmlichen Mutterleib darauf warten, endlich geworfen zu werden. Dann schon beginnt ihre Unschuld zu bröckeln. Sie erleben mit offenen Augen die Sünden ihrer Eltern. Kann ich von Unschuld reden, wenn sie sich die Nadeln mit Rauschgift setzen, das Gift in sich hineinpumpen, sich wissentlich zerstören? Sind die Kinder der Islamisten wirklich unschuldig, die sich einen Bombengürtel um den Bauch binden und sich in einer Menschenmenge in die Luft sprengen? Ich liebe diese Massaker so sehr, glaube mir das. Diese Gewaltexzesse der Kinder und

Jugendlichen stellen meine Meisterwerke dar. Sie beweisen, wie hilflos der Gott der Christen meiner Kunst gegenübersteht. Diese Kinder und Jugendlichen haben schon sehr früh ihren Zweck erfüllt. Sie ziehen in mein Reich ein, haben das Ziel erreicht, gegen das sich noch viel zu viele Ungläubige sträuben. Eines Tages werde ich sie auf die Menschheit loslassen, mein Reich endgültig errichten.«

Elmar hatte längst erreicht, was er mit seinen Fragen bezweckte – dieser Satan hielt einen Monolog, beschwor seine Unfehlbarkeit. Er musste diesen Trieb befeuern.

»Wenn deine Macht doch so gewaltig ist, kann ich nicht verstehen, warum du nicht alle Menschen auf deine Seite zwingst. Die Gruppe derer, die sich deiner erwehrt, ist immer noch immens groß. Wie ist es dann möglich, dass sich sogar Männer wie ich, von dir lösen könnten? Wohl gemerkt, wenn ich es wirklich wollte.«

»So viele sind es nicht, wie du glaubst. Vergiss nicht die Mäuler, die nach Krieg und Rache schreien, die ihrem nächsten Nachbarn den Tod oder die Pest an den Hals wünschen, nur weil sie vor seiner Einfahrt parkten. Das Böse ist in euch tief verwurzelt. Es gibt jedoch noch die Hürde, dass es eine freie Willensentscheidung der Menschen ist, sich vollends dem Bösen zuzuwenden. Noch kann ich nichts dagegen ausrichten, wenn sich der Willen des Menschen, der sich auf die Gnade stützt, dem widersetzt. Meine Rolle auf dieser Welt ist es, der Versucher zu sein. Immer wieder aufs neue werde ich sie in die Versuchung treiben. Der Tag wird kommen, das garantiere ich dir, an dem auch diese Menschen schwach werden, sich von ihrem erbärmlichen Gott lösen. Nicht jeder kann immer und überall dem natürlichen Trieb widerstehen,

Böses zu tun. Das Netz der Verderbnis ist ausgelegt. Irgendwann wird sich jeder darin verfangen, manche sogar für alle Zeiten.«

Mittler stand vor dem Kadaver der schwarzen Ziege und presste, nachdem er Pehling den letzten Satz entgegengeschleudert hatte, den Kopf in den geöffneten Leib. Elmar erschauerte, als sich dieses Monster umdrehte und ein langes Eisen in die lodernde Glut stieß. Das blutüberströmte Gesicht Mittlers besaß nun endgültig das Diabolische des Satans.

- Kapitel 36 -

Wieder war es eine dieser stockfinsteren Nächte, die neben dem feuchten Nebel auch noch Nieselregen präsentierte. Sven hatte vorsichtshalber noch einmal zurückgerufen, um sich die exakte Position von Pehlings Handy bestätigen zu lassen. Die Verbindung bestand immer noch, was ihn in zusätzliche Unruhe versetzte. Karin würde es ihm niemals verzeihen, falls Pehling etwas zugestoßen sein sollte. Er war es schließlich, der diesen Mann aus seinem sicheren Zufluchtsort herausgelockt hatte.

Je näher er sich an das vergammelte, dunkle Folterhaus heranpirschte, umso sicherer wurde er, dass sich Mittler genau hier aufhielt. Wenn Pehling sich nicht meldete, bestand die Sorge, dass er in die Hände dieses Satans gefallen war. Was das bedeuten konnte, wusste Sven aus eigener Erfahrung zu berichten. Er sah an sich herunter und traf die Entscheidung, sich des weißen Oberhemdes zu entledigen, dass trotz der Dunkelheit selbst hier im Wald recht gut ausgemacht werden konnte. Eine der ersten Vorsichtsmaßnahmen, die ihm bei der Ausbildung zur Sondereinheit auf der Polizeischule beigebracht wurden. Den Oberkörper und das Gesicht rieb er sich mit dem Waldboden ein, sodass er sich kaum noch von der Umgebung des Heissiwaldes abhob. Auf die schusssichere Schutzweste, die normalerweise bei Einsätzen getragen werden musste, verzichtete er heute, da sie ihn in seiner Beweglichkeit unnötig behindern würde.

Noch konnte er keinen seiner Leute im Umfeld ausmachen. Die Lautlosigkeit des Waldes war beängstigend. Gäbe es diese Telefonortung nicht, wäre er niemals auf die Idee gekommen, bei dieser Friedhofsstille genau hier zu suchen. Jeder Schritt in Richtung des Pehling-Hauses kostete ihm Überwindung. Immer stärker bildeten sich wieder diese Bilder im Keller vor seinen Augen aus. Die Stimme in ihm warnte in ständiger Wiederholung: *Gehe nicht dorthin – es wartet der Tod!*

Svens Griff um seine Waffe wurde fester, sein Entschluss war unumstößlich. *Du hast es Karin versprochen.* Er glaubte, ihre mahnenden Worte zu hören, mit denen sie ihn an die Zusicherung erinnerte. Das Haus wirkte verlassen. Auch nicht der geringste Lichtschimmer wies auf Leben in seinem Inneren hin. Doch diesem Irrtum verfiel er schon Monate zuvor, was er bitter zu spüren bekam. Diesen Fehler wollte Sven kein zweites Mal begehen.

Wie ein Schatten schlich er sich an der Hausfront vorbei und peilte den kleinen Schuppen an, wo er den Eingang zum unterirdischen Stollen wusste. Als er den Verhau erreichte, stieg ihm ein besonders intensiver Geruch von modrigem Waldboden in die Nase. Ein deutliches Indiz dafür, dass genau hier die Erde noch vor nicht allzu langer Zeit frisch aufgeworfen wurde. Die Klappe, die den Eingang verdeckte, konnte er lautlos öffnen. Einen Augenblick lauschte er in das bedrückende Dunkel hinein, hielt den Atem an.

Da waren sie wieder, diese Zweifel, gerade jetzt das Richtige zu tun. Seine Leute mussten doch jeden Augenblick eintreffen und damit die Chance bieten, gezielter vorzugehen. Er konnte sich nicht darauf verlassen, dass wieder ein Mann wie Hörster hineinstürmte und ihn heraushaute. Hörster war tot – auch diese Erkenntnis schlug lähmend bei ihm ein, machte ihn aber auch gleichzeitig zornig. Die Rache für diese Tat trieb ihn jetzt neu an. Nach jedem Schritt hielt er einen Augenblick inne, lauschte in die Dunkelheit. Er vermied es, die Stableuchte einzuschalten, was den Gegner hätte warnen können. Er verließ sich auf seinen Instinkt und den Ortssinn, den er während seiner vorherigen Besuche in diesem Haus bereits sammeln durfte. Seinen Ekel unterdrückte er, als er mit der Hand über die glitschige Wand strich und dabei Spinnen und kleine Amphibien aufscheuchte. Sie warfen bei dem flackernden Licht der Wandkerzen lange Schatten, die sich schnell wieder auflösten.

Plötzlich hörte er sie. Stimmen. Erst ganz leise, mit jedem weiteren Schritt lauter werdend. Die Hoffnung stieg, Pehling noch lebend anzutreffen. Wer sprach, lebte noch. Schritt für Schritt näherte er sich der Tür, die für ihn damals die Pforte zu unvorstellbarer Angst bedeutete. Nur mühsam unterdrückte er die Vorstellung, was sich jetzt dahinter abspielen könnte. Seine Hand begann zu zittern. Er lief Gefahr, dass ihm die Waffe entglitt und auf dem Boden aufschlug. Damit wäre wohl sein Todesurteil gesprochen. Sven begann damit, rückwärts zu zählen und die Atmung zu beruhigen. Vergeblich ... das Zittern verstärkte sich noch. Verzweifelt über seine Hilflosigkeit, lehnte er sich mit dem Rücken gegen die Wand und ließ sich daran hinuntergleiten. Das Würgen wurde stärker, drohte ihn zu verraten. Er musste durch Hecheln versuchen, den Reiz zu beseitigen, wobei er das Risiko einging, schon frühzeitig entdeckt zu werden. Als die Gespräche im Folterraum lauter geführt wurden, versuchte er es. Tatsächlich ging es ihm augenblicklich besser und ein befreites Lächeln überzog sein Gesicht.

Die danach eintretende Stille wurde kurz darauf von einem Scharren abgelöst, das Sven nicht zuordnen konnte. Er spürte lediglich, dass etwas Grausames passieren würde, wenn er die Entscheidung, einzugreifen, weiter aufschob. Aus dem Raum erklang nun ein Geräusch, das sicher viele Menschen als Gesang bezeichnen würden. Für Sven waren es Lobpreisungen des Satans, die in einer Sprache geführt wurden, die ihn an keine ihm bekannte erinnerte. Das Tor zur Hölle hatte sich für sein Gefühl soeben geöffnet.

Mühsam wälzte sich Sven auf die Seite, verlor dabei seine Waffe, nach der er sofort wieder griff. Im Raum herrschte absolute Stille, als würde man lauschen. Obwohl die Waffe jetzt ruhig in seiner Hand ruhte und auf die Tür gerichtet war, glaubte Sven, dass sein Herz nicht mehr der eigentlichen Aufgabe nachkam. Ihm wurde erneut schlecht. Mühsam schleppte er sich weiter, an der Tür vorbei, Richtung Kellertreppe, die ins Haus führte. Dort blieb er liegen und schloss, stoßweise atmend, die Augen.

- Kapitel 37 -

Mittlers Äußeres besaß jetzt etwas Dämonisches, nachdem das Tierblut sich über das gesamte Gesicht verteilt hatte und auf den jetzt nackten, verschwitzten Oberkörper tropfte. Er schob das Brenneisen erneut zurecht und bewegte sich zur Wand, an dem die Kettenenden befestigt waren, an denen Pehling hing. Er löste die Haken, die verhinderten, dass die Spannung nachließ. Genau in diesem Augenblick sah Elmar seine Chance gekommen, sich aus dieser gefährlichen, todbringenden Situation zu befreien. Als er spürte, dass der Zug auf seine Arme etwas nachließ, ergriff er die Ketten und zog mit aller Kraft daran. Er stellte befriedigt fest, dass die Kettenglieder mit großer Geschwindigkeit durch die Handflächen des Irren glitten und die Reibung dazu führte, dass die Hitze für Mittler unerträglich wurde. Trotz der Schmerzen, die er mit Sicherheit ertragen musste, fasste dieser Teufel wieder zu und stoppte so den totalen Verlust der Ketten. Pehling kam jedoch zugute, dass sich der Freiraum für weitere Aktionen erheblich erweitert hatte. Er stürmte vorwärts und stieß dabei einen Schrei aus, der nicht von dieser Welt schien. Mittler war immer noch bemüht, die

Kettenenden nicht aufzugeben. Er unterschätzte aber die Beweglichkeit seines Gegners, der die letzten Meter mit einem gewaltigen Sprung überwand. Mit den Fußsohlen voraus landeten seine einhundertzwölf Kilo direkt im Gesicht Mittlers, der dadurch gegen das Gitter geworfen wurde. Wieder verschwand sein Kopf in den Innereien der Ziege. Elmar nutzte die Gelegenheit, die sich im bot, die Ketten endgültig aus den Rollen an der Decke zu befreien. Er stand nun mit den Kettenenden in der Hand bewaffnet vor dem Killer. Sie belauerten sich wie Raubtiere, die zum entscheidenden Sprung bereit waren, bewegten sich im Kreis.

Bevor Pehling es verhindern konnte, sprang Mittler zur Kohlepfanne und riss das jetzt glühende Eisen aus den aufzischenden Flammen. Elmar konnte das gefährliche Funkeln in den Augen des Gegners erkennen, in das sich nun auch Triumph und Mordlust mischte. Immer wieder stieß Mittler das Brenneisen in Richtung Pehling, der dem todbringenden Eisen ausweichen konnte. In seinen Händen kreisten die schweren Kettenenden, warteten auf die passende Gelegenheit, sich um den Körper des Satans legen zu können. Pehling übersah fatalerweise die beiden glühenden Kohlen, die Mittler mit aus der Wanne herausgerissen hatte. Als er hineintrat und schmerzgepeinigt aufschrie, nutzte Mittler die Gelegenheit routiniert und stieß zu. Das glühende Metall bohrte sich in Pehlings Seite und hinterließ neben drei Sechsen einen bestialischen Geruch von verbranntem Fleisch. Elmar ließ sich reflexartig nach hinten fallen und verhinderte dadurch, dass dieses Eisen noch tiefer in die Eingeweide eindringen konnte. Gleichzeitig schleuderte er ein Kettenende um den Hals des Gegners, dessen Augen in Sekundenschnelle von Triumph auf nacktes Entsetzen wechselten. Mittler ließ das Eisen fallen und versuchte, die Finger hinter die Kettenglieder zu bekommen, die ihm allmählich die Luft nahmen. Pehling legte sein gesundes Bein um den Oberkörper des Killers und zog mit aller Gewalt an der Kette. Das Gesicht Mittlers lief tiefblau an. Nur noch undeutliche Wortfetzen verließen die Lippen, über die jetzt ein schmieriger, blutiger Sabber lief, der sich auf dem Boden verteilte. Plötzlich erschlaffte der Körper, gab jeden Widerstand auf. Die Atmung stand still.

Sven, der sich aufgerappelt und den Kampf von der Tür aus verfolgt hatte, senkte die Waffe. Für ihn gab es in dem Durcheinander der Leiber, keine Möglichkeit, einen gezielten Schuss auf Mittler abzufeuern. Mit schleppenden Schritten näherte er sich den Kämpfern und bückte sich hinunter zu Pehling.

»Das sieht gefährlich aus, Pehling. Sie müssen damit in eine Klinik.«

Elmar Pehling sah dem Mann mit einem gequälten Lächeln ins Gesicht, der ihm diesen unannehmbaren Vorschlag machte. Er schüttelte den Kopf und versuchte, aufzustehen. Sven fasste ihm an den Arm, der auf der unverletzten Seite war und half ihm hoch. Stöhnend schleppte sich Pehling zur Tür und schlug den Weg Richtung Schuppen ein, von wo er vor einer Stunde noch ohne jede Hoffnung auf Überleben kam. Die beiden Männer verließen das Horrorhaus und bewegten sich Richtung See. Elmar atmete schwer. Stockend formulierte er seine Frage.

»Ob da noch das Boot am Ufer liegt? Vielleicht habe ich Glück, vorausgesetzt, Sie stehen zu Ihrem Wort, Spelzer.«

»Darauf können Sie sich verlassen, Pehling. Das habe ich nicht nur Ihnen gegeben. Da gibt es noch jemanden, der es mir abgerungen hat. Wir werden das folgendermaßen machen. Hören Sie gut zu. Sie versuchen, mit dem Boot eine Weile auf dem See zu bleiben, bis ich hier alles abgewickelt habe. Mir wird schon eine Geschichte einfallen, die mir der Chef und die Presse abnehmen. Dann werden wir Sie zu uns in die Wohnung transportieren. Karin wird Sie wieder zusammenflicken, da bin ich mir sicher. Danach können Sie wieder dahin zurück, wo Sie glauben, ein besseres Leben zu finden. Verlassen Sie sich allerdings nicht darauf, dass ich die Suche nach Ihnen aufgebe. Ich werde diese nicht forcieren, aber ...«

Die beiden rutschten einen kleinen Hang hinunter und hörten schon das Plätschern des Wassers. Den Ruf hinter ihnen bekamen sie erst mit, als es bereits zu spät war. Der Bolzen der Armbrust traf Sven am Schultergelenk, genau in dem Augenblick, als er sich schützend über den am Boden liegenden Pehling warf. Mittler, der aus welchen Gründen auch immer, das Bewusstsein wiedererlangt hatte, lud nach und hob erneut die Waffe. Seine Augen öffneten sich ungläubig, als die Kugel seitlich in das Ohr eintrat und auf der anderen Seite des Kopfes ein Riesenloch riss. Das Monster knickte in den Knien ein und rollte den Hang hinunter. Mit dem Kopf im Wasser liegend zuckte er noch wenige Male und blieb dann ausgestreckt liegen.

Beide Männer, die auf dem Rücken auf dem Waldboden lagen, sahen erstaunt in Karins Gesicht, die ihre Pistole fortwarf, als würde sie glühen. Sie nahm keinerlei Rücksicht auf ihre Kleidung, als sie zu den verletzten Männern hinunterrutschte. Von einer ungewohnten Hektik getrieben, riss sie Sven die Jacke vom Körper und untersuchte die Schusswunde am Schultergelenk. Dann warf sie einen Blick auf Pehlings tiefe, aber kaum blutende Wunde.

»Ich gehe einmal davon aus, dass die Helden des Tages keinerlei Absichten hegen, in ein Krankenhaus eingeliefert zu werden, oder irre ich mich da? Das eine ist nur ein Streifschuss. Bei dir, Elmar, haben wir da schon etwas mehr Arbeit. Ich habe da einen guten Kollegen, der mir noch einen kleinen Gefallen schuldet.«

Beide sahen sich zwar mit schmerzverzerrtem Gesicht, aber dennoch lächelnd an, schüttelten gleichzeitig den Kopf.

»Habe das schon mit Pehling geklärt, wie wir das angehen. Aber was machst du hier ...?«

»Später, Männer, später. Jetzt müssen wir Elmar von der Bildfläche verschwinden lassen. Ich höre da Stimmen. Ab ins Boot. Du kennst das ja schon.«

- Kapitel 38 -

»Wie oft müssen wir Sie noch zusammenflicken lassen, Spelzer? Haben Sie auch mal wieder Fälle, aus denen Sie ohne Blessuren rauskommen? Na ja, die beiden Schüsse in den Kopf von diesem Mittler haben Gott sei Dank gereicht, um den Kerl für immer unschädlich zu machen. Jetzt muss ich noch eine Erklärung dafür liefern, warum wir die zweite Patronenhülse nicht gefunden haben und wie der Kampf in dem verfluchten Keller abgelaufen ist. Sie müssen mir versprechen, dass Sie nie wieder einen Alleingang planen. Irgendwann können wir nur noch Ihre Überreste aufsammeln. Schade eigentlich, dass Pehling nicht mehr da ist, der uns solche Drecksarbeiten häufig abnahm.«

Karin und Sven, die inmitten des gesamten Teams die Standpauke von Kriminalrat Fugger entgegennahmen, wechselten einen vielsagenden Blick, schwiegen jedoch. Der Applaus und sorgenvolle Blicke begleiteten die beiden beim Hinausgehen. Jetzt waren mindestens zwei Wochen Genesungszeit angesagt, die Sven auch gut gebrauchen konnte. Haller würde wieder alle Hände voll zu tun haben.

Elmar Pehling schlief noch, als die beiden Karins Wohnung betraten. Sie umarmten und küssten sich noch einmal, bevor sie vorsichtig die Tür zum Gästezimmer öffneten.

»Der Patient schläft noch, wir können alleine und ungestört zu Abend essen. Es gibt heute Tagliatelle mit Garnelen, Knoblauch, Peperoni und Tomaten. Schade eigentlich, dann stelle ich was zur Seite für unseren Gast.«

Kurz bevor Karin die Tür schließen konnte, hielt sie die feste Stimme des Kranken auf.

»Das könnte euch so gefallen. Das ist pure Schikane, die sich gegen einen hilflosen Patienten richtet. Das ist strafbar und wird mit Essensentzug, nicht unter zwei Wochen bestraft. Kann mir mal einer von euch hochhelfen? Wie war eure Sitzung? Hat dieser Fugger die Geschichte tatsächlich abgekauft?«

Elmar erfuhr, dass die abenteuerliche Story, die von Sven abgeliefert wurde, für ungläubiges Staunen gesorgt hatte. Eine öffentliche Auszeichnung und Ehrung für diese selbstaufopfernde Tat lehnte Sven ab, was Fugger einen dankbaren Blick abrang. Nun musste er niemandem erklären, warum der Leiter des hiesigen Morddezernates alleine, ohne Rückendeckung durch ein SEK, in ein Haus eindrang, in dem sich ein gesuchter Massenmörder versteckt hielt. Die Presse bekam eine passende Version serviert und feierte ihren Helden.

»Sobald ich wieder halbwegs auf dem Damm bin, verschwinde ich. Ihr habt genug für mich getan und wollt sicherlich auch mal wieder alleine sein. Ihr habt etwas Urlaub verdient. Habe ich schon gesagt, dass ihr sehr gut zusammen passt?«

»Nein, haben Sie nicht, Pehling. Aber trotzdem danke. Es tut mir wirklich leid, dass wir uns nicht unter anderen Voraussetzungen kennengelernt haben. Ich denke, dass wir uns gut verstanden hätten. Das Leben ist eben nicht gerecht.«

Dankbar sah Elmar von einem zum anderen und schob sich eine hochgehäufte Gabel mit Nudeln in den Mund.

»Ich freue mich auch schon auf meine Rückfahrt. Es wird bestimmt ein toller Spätsommer.«

»Dann wünsche ich Ihnen tutto il meglio, Elmar. Mögen Sie dort endlich Ihren Frieden finden und jemanden, dem Sie voll vertrauen können.«

Elmar stockte mitten in der Bewegung und seine Gesichtszüge verhärteten sich rasend schnell. Karin beobachtete, wie sich sein Körper versteifte. Sven sah Pehling gerade in die Augen.

»Jetzt kommen Sie mal wieder zu sich, Elmar. Ich bin bei der Polizei, vergessen? Ich habe Ihr Handy gefunden, Ihre SIM-Karte gesehen. Da ist mir dieses Made in Italy nicht entgangen, und Karten der Iliad Italia erhält man nicht ohne Weiteres woanders. Ich lasse Sie dort nicht suchen. Ich habe bei Ihnen ein gutes Gefühl, was Ihre Neigungen zur Gewalt betrifft. Von meiner Seite aus haben Sie nichts zu befürchten, es sei denn, der Teufel fängt Sie wieder ein.«

Karin verfolgte erleichtert, wie sich Pehling wieder entspannte und in Svens dargebotene Hand einschlug.

»Etwas interessiert mich noch am Rande. Dieser Bulle, dem du unverständlicherweise dein Herz geschenkt hast, erklärte mir, dass er dir verboten hatte, das Haus zu verlassen. Du bist doch außerdem von einem seiner Kollegen bewacht worden. Wieso konntest du trotzdem am See auftauchen und uns da raushauen?«

Sven war dankbar dafür, dass es Pehling war, der die Frage stellte. Ihm lag sie schon länger auf der Seele. Die Augenpaare von zwei Männern, wie sie unterschiedlicher nicht sein konnten, ruhten auf Karin.

»Eigentlich war das nicht besonders schwierig. Ich muss euch ja wohl nicht erklären, was es heißt, ein ungutes Gefühl im Bauch zu spüren. Etwas sagte mir, dass ich zum Haus müsse, um zwei unbeholfenen Männern zu helfen. Der liebe Kollege stand unten im Flur und bewachte die Haustür. Da bin ich dem Weg gefolgt, den Mittler nahm, als er bei mir in der Wohnung war und vor Sven floh. Damals war Sven das offenstehende Fenster gar nicht aufgefallen. Es hat mal wieder Spaß gemacht, über die Mauern von Hinterhöfen zu klettern. Ich hoffe, ich kam den tapferen Helden nicht ungelegen.«

Zwei weitere Flaschen Rotwein verliehen dem Abend einen würdigen Abschluss.

- Kapitel 39 -

Endlich fuhr der Zug, auf den Lucia schon sehnsüchtig wartete, in den Bahnhof von Cervia ein. Auf dem Rücksitz hib-
belte der kleine Nico schon seit dreißig Minuten wie ein
Berserker. Er würde nie verstehen, warum diese Züge immer
erst viel später ankamen, als Mama es voraussagte. Lucia
öffnete die Fahrertür und rannte zum Bahnhofsportal. Fiorella hielt den kleinen Racker auf dem Rücksitz zurück, der
Tante Lucia unbedingt folgen wollte.

»Warte bitte einen Moment, bis Onkel Elmar ausgestiegen
ist und Tante Lucia begrüßt hat. Die beiden haben sich doch
so lange nicht gesehen. Dann kannst du deinen großen
Freund in die Arme schließen.«

Lucia hing schon an Elmars Hals, bevor dieser die Tasche
abgesetzt und die Arme ausgebreitet hatte. Sie küsste ihn mit
Hingabe, spürte aber auch, dass er bei ihrem Ansturm
zusammengezuckt war. Sie löste sich wieder von ihm und
musterte den großen Mann von oben bis unten.

»Eigentlich scheint doch alles dran zu sein. Warum hast
du gezuckt? Bist du verletzt?«

Elmar zeigte auf seinen Bauch. Vorsichtig hob Lucia das Sweatshirt an und betrachtete den breiten Verband.

»Was hat das zu bedeuten? Hattest du einen Unfall, mein Großer?«

Elmar legte seinen Arm um sie und schnappte sich die große Reisetasche.

»Das, meine große Liebe, ist eine lange Geschichte. Warte ab, bis ich die Begrüßung eines Freundes unbeschadet hinter mich gebracht habe. Da kommt der Kleine schon angeschossen. Hilfe!«

Mit Lucia im Arm sah er dem Ansturm des kleinen Freundes entgegen. Den Schmerz ignorierte er, als Nicos Lockenkopf auf seine Wunde prallte und sich die kleinen Arme um seine Taille legten.

Der Tisch war reichlich gedeckt, als sich die Vier beim Abendessen die Bäuche vollschlugen. Das unterbrechungsfreie Geplapper des Juniors stoppte Elmar irgendwann und sah auf die beiden Frauen.

»Ich war vorhin kurz bei Renato. Mir fiel auf, dass die Männer auf der anderen Straßenseite ohne diesen schmierigen Commissario Karten spielten. Ist der krank?«

Lucia und Fiorella tauschten einen vielsagenden Blick, der wohl darüber entscheiden sollte, wer die Antwort gab. Lucia erfasste Elmars Hand.

»Das kannst du ja auch noch gar nicht wissen. Kurz nachdem du abgereist warst, tauchten hier im Ort einige fremde Gesichter auf und holten einen roten Alfa Romeo ab, den man kurz nach dem Tod des Erpressers konfisziert hatte. Einen Tag später fand man den Commissario an einem

Baum aufgehangen. Niemand im Ort kann sich bis heute erklären, warum sich ein Mann, dem es gesundheitlich und finanziell gut geht, freiwillig das Leben nimmt. Auf einem Zettel, den er in der Seitentasche trug, erklärte er, dass er in einem Weiterleben keinen Sinn mehr sah. Verrückt das Ganze, oder?«

Gängige Symbole
für Okkultismus und Satanismus

Pentagramm (Druidenfuß)
Der fünfzackige Stern ist das wohl bekannteste Symbol der Magie. Er stellt die vier Elemente Feuer, Wasser, Luft und Erde dar, überragt vom Geist. In dieser Form (Spitze nach oben) soll es die Macht besitzen, Böses fernzuhalten und gute Geister herbeizurufen. Wird allerdings auch undifferenziert in der Satansszene gebraucht.

Umgekehrtes Pentagramm
Der umgekehrte fünfzackige Stern ist das bekannteste Zeichen für satanische Verehrung. Die beiden Ziegenkopf-Hörner an seiner Spitze sollen Satan als Gott darstellen.

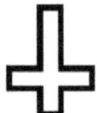

Umgekehrtes Kreuz
Das auf dem Kopf stehende Kreuz wird oft als „Kreuz des Südens" bezeichnet. Es symbolisiert die Verspottung und Ablehnung des christlichen Kreuzes. Es wird in Graffiti, auf manchen Albumhüllen und für Schmuck (Ketten, Ohranhänger) verwendet.

666   FFF

666
Sie stellt die Zahl des Großen Tieres oder Antichristen dar. Im letzten Buch der Bibel (Offb. 13, 18) heißt es:»Wer Verstand hat, der deute die Zahl des Tieres; denn es ist die Zahl eines Menschen, und seine Zahl ist 666.«
Vermutlich ist es eine Anspielung auf den röm. Kaiser Nero. Gilt im Satanismus als Synonym Satans.

Henkelkreuz (Ankh)

Altägyptisches Symbol des Lebens. Es wird oft mit Fruchtbarkeit in Verbindung gebracht (es verbindet die gestreckte Linie des Phallus mit der weiblichen Öffnung der Vagina). Es soll magische sexuelle Wirkung haben. Es wird allerdings auch in christlichen Kreisen als „koptisches Kreuz" verwendet.

Saturnzeichen
(umgedreht = Satansgabel, Teufelshaken)

Astrologisches Symbol. In der Szene wird „Meister Saturn" auch als Beherrscher allen lebensfeindlichen Wissens, d.h. der schwarzen Magie interpretiert. Der Bogen am Kreuz wird als Sichel gesehen, die das Kreuz abschneidet, also ein Symbol der Christentumsfeindlichkeit. Wird allerdings auch in der Astrologie verwendet.

Church of Satan

Symbol der „Church of Satan" in San Francisco. Es findet sich in der „Satanischen Bibel" über den „Neun Satanischen Thesen".

Kreuz der Verwirrung

Dieses Symbol wurde erstmals von den Römern benutzt, um die Wahrheit des Christentums in Frage zu stellen.

Gehörnte Hand

Diese Handhaltung soll (als Erkennungsmerkmal in der Szene) den Teufelskopf (mit seinen Hörnern) darstellen.

Nerokreuz

Es wird von einigen Heavy-Metal-Fans und Okkultisten benutzt, um ein zerbrochenes Kreuz darzustellen - die Niederlage des Christentums. Bekannter allerdings als Symbol der Friedensbewegung.

Hakenkreuz (Swastika)

Altindisches Fruchtbarkeitssymbol, auch als „Sonnenrad" bekannt. Ursprünglich repräsentierte es die Harmonie in der Natur. Nachdem die Flügel gegen den Uhrzeigersinn ausgerichtet wurden, steht es nun für den Widerstreit der Kräfte und die Disharmonie. Bekannter allerdings als Symbol im Rechtsradikalismus.

Quelle: Erzdiözese München und Freising
https://www.weltanschauungsfragen.de/informationen/okkultismus/symbole-okkultismus/
Datum: 20. Mai 2018

- Nachwort -

Liebe Leserinnen und Leser

Hat Sie dieses 4. Buch aus meiner Serie wieder gut
unterhalten können und die erwartete Spannung geliefert?
Das hoffe ich sehr. Weitere Romane aus meiner Feder finden
sie im Anhang.

Wir Autoren wären oftmals relativ hilflos, wüssten wir nicht
diese wichtigen Helfer im Hintergrund, die vor der Veröffent-
lichung eines Buches den strengen Blick auf die Texte
werfen. Besonderen Dank richte ich dabei an drei
großartige, von mir geschätzte Frauen in meinem Umfeld.
Dazu gehören Andrea Schmidt, Sonja Kindler
und Anne Philipps.

Persönliche Anmerkungen und ein Feedback können Sie mir
gerne unter harald2066@gmx.de zukommen lassen.
Sie erhalten garantiert zeitnah eine Antwort von mir.

Aber auch Mitglieder, die bei LovelyBooks aktiv sind,
können sich dort gerne zu meinen Büchern äußern.

Ich würde mich sehr darüber freuen, wenn ich Sie auch in
Zukunft spannend unterhalten dürfte.

Ihr H.C. Scherf

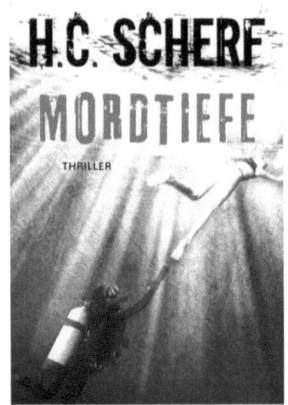

ISBN 978-3752834215

Band 3 aus der Serie Spelzer/Hollmann

Als Taschenbuch und Ebook in allen Buchhandlungen und Online-Shops.

Inhalt:

»Da unten ist die Hölle«

Die Taucher der Essener Wasserschutzpolizei müssen weit über ihre
psychischen Grenzen hinausgehen, als sie das Depot eines Killers in der Tiefe
räumen.
Welcher Wahnsinnige versteckt die Toten im Essener Baldeneysee?

Wieder einmal stehen Rechtsmedizinerin Karin Hollmann und ihr Freund,
Oberkommissar Sven Spelzer vor Mädchenleichen, die ihnen viele Rätsel
aufgeben.

Wie weit geht ein skrupelloser Gangsterboss, um den gewaltsamen Tod seines
Bruders zu rächen?

Zwei scheinbar unabhängige Fälle bringen die Ermittler selbst in
Lebensgefahr. Ein friedliches Naherholungsgebiet entpuppt sich als
Spielwiese für einen irren Mörder.

Obwohl die Handlungsabläufe in sich abgeschlossen sind, empfiehlt es sich,
die Bücher in der Reihenfolge zu lesen.

Die Spelzer/Hollmann-Reihe:

KALENDERMORD- Band 1
DER SERBE- Band 2

ISBN 978-3746055879

Band 2 aus der Serie Spelzer/Hollmann

Als Taschenbuch und Ebook in allen Buchhandlungen und Online-Shops.

Inhalt:

»Der ist definitiv ertrunken. Die haben ihn noch lebend ins Wasser geworfen, dabei nicht mal seine Hände gefesselt.«

Die Aussage der Rechtsmedizinerin Karin Hollmann ist klar und deutlich. Sven Spelzer, mit dem sie schon den Serienmörder Pehling zur Strecke brachte, weiß von Anfang an, wen er für diesen Zeugenmord zur Verantwortung ziehen muss.

Die Soko wurde gebildet, um den ›SERBEN‹, wie sie den Gewaltverbrecher nennen, nach Jahren der Erfolglosigkeit, endlich zur Strecke bringen zu können.

Brutalster Drogen- und Menschenhandel wird ihm zur Last gelegt.

Mögliche Belastungszeugen verschwinden meist spurlos.

Doch wer ist der unsichtbare Helfer im Hintergrund?

Gibt es einen Maulwurf in den Reihen der Polizei?

Wieder werden die beiden Ermittler in einen Einsatz hineingezogen, der sie, wie schon im ersten Band dieser Reihe, an die Grenzen treibt. Als sie bereits an den sicheren Zugriff glauben, hat der Teufel längst die Falle gebaut.

Alle Thriller der Reihe sind zwar abgeschlossen und könnten auch unabhängig voneinander gelesen werden. Doch der Spannungsbogen ist größer, wenn die Reihenfolge eingehalten wird.

ISBN 978-3746067858
Band 1 aus der Serie Spelzer/Hollmann

Als Taschenbuch und Ebook in allen Buchhandlungen und Online-Shops.

Inhalt:

Der Wald rund um die Ruine der Essener Isenburg - eine Oase der Ruhe und des Friedens. Das ändert sich mit dem Fund einer ersten, grausam zugerichteten Leiche.

Kommissar Sven Spelzer, als erfahrener Leiter der Mordkommission, begegnet einem Serienkiller, der präzise seine unvorstellbaren Taten plant.

Der Täter preist seine Morde als Kunstwerke.

Wenn bisher ein System sein Wirken steuerte, so ist es die Gier Außenstehender, die eine unfassbare Lawine der Gewalt auslöst.

Gemeinsam mit der Rechtsmedizinerin Karin Hollmann begibt sich Spelzer auf die Suche nach dem Wahnsinnigen. Sie ahnen nicht, welche Hölle die Bestie schon für sie vorbereitet hat.

Kalendermord - der erste Fall für dieses Ermittlerteam, der sie sofort an ihre Grenzen zwingt.

ISBN 978-3744873024

Als Taschenbuch und Ebook in allen Buchhandlungen und Online-Shops.

Inhalt:

„Gib diese Frau auf, denn die Zeit auf dieser Erde ist endlich ... besonders für sie."

Die Warnung ist eindeutig, die der erfolgreiche Schriftsteller Jan Hellman
in dem Umschlag vorfindet.
Niemals wieder hat er eine Verbindung eingehen wollen. Die Trennung von Claudia
saß noch wie ein Stachel in seinem Herzen. Sein Single-Dasein war beschlossen.
Doch das Schicksal hatte eigene Pläne gehabt. Sandra veränderte alles.
Jetzt aber hält er diesen Drohbrief in den Händen.
Bei Jan Hellmann und den eingeschalteten Ermittlern keimt der Verdacht, dass ihn der
Gegner gut kennen muss.
Lebt der Verursacher dieser Grausamkeiten in einem vertrauten Umfeld?
Ekelige Tierkadaver und weitere Drohbriefe verstärken die Angst.
Perfekt getarnt treibt der Täter sein perfides Spiel. Die Einschläge, die Opfer und Poli-
zei weiter rätseln lassen, kommen immer näher, werden immer brutaler.
Eine Liebe, an deren Erfüllung sich mit jeder gelesenen Seite die Zweifel mehren.
Eine Beziehung, die direkt auf den Vorhof der Hölle zusteuert.

H.C. SCHERF

THRILLER

Der Flug der Libellen

ISBN 978-3744869997

Als Taschenbuch und Ebook in allen Buchhandlungen und Online-Shops.

Inhalt:

Seit Jahren verschwinden Prostituierte im Ruhrgebiet.

Keine Leichen. Keine Spuren.

Nichts kann den Killer aufhalten.

Die erst 10jährige Andrea Lesbe und ihr gleichaltriger Freund leiden schon in der Schule unter Mobbing. Die Mitschüler machen ihnen das Leben zur Hölle.

Was die Kinder zu diesem Zeitpunkt nicht wissen können:

Ein Hurenmörder beginnt gleichzeitig sein perfides Werk.

Unaufhaltsam verbindet sich ihr Schicksal mit dem des irren Killers.

Als Andrea als Erwachsene wieder in ihre Heimatstadt Essen zieht, trifft sie nicht nur auf den einstigen treuen Freund.

Sie begegnet auch einem geheimnisvollen Fremden, der sie magisch anzieht.

Hauptkommissar Schlicht ermittelt mit seiner Soko seit 16 Jahren erfolglos im Fall eines vermissten Kindes und der beängstigenden Mordserie. Erst als der Killer die Abstände seiner grausamen Taten verkürzt, finden sich erste Spuren.

Damit das Geheimnis um den Serienkiller gelüftet werden kann, müssen die Beteiligten in den Vorhof zur Hölle hinabsteigen.

Erst dort begegnen sie der grausamen Wahrheit.

»Ein Thriller, der die schmale Kluft zwischen Normalität und dem menschlichen Wahnsinn spannend beschreibt.«

ISBN 978-1511436229

Als Taschenbuch und Ebook in allen Buchhandlungen und Online-Shops.

Inhalt

Die beschauliche Idylle des Sauerlandes möchte der aus Kanada stammende Schriftsteller Patrick Schreiber eigentlich nutzen, um Depressionen und Alkoholprobleme in den Griff zu bekommen. Der Herbstwald offenbart ihm allerdings ein schreckliches Geheimnis und einen Serienmörder, der ihm weit überlegen scheint. Mit Gewalt wird er in einen Sog aus Mord, Lynchjustiz und Intrigen gezogen. Um diese ungewöhnlich brutalen Frauenmorde aufzuklären, schaltet sich der bärbeißige LKA-Mann Franz Kalkove ein.

Fehlende Spuren lassen die Ermittlungen lange ins Leere laufen. Weitere Morde können dadurch geschehen. Die Dorfgemeinschaft entpuppt sich als trügerische Fassade. Erst als sich diese beiden eigenwilligen Typen solidarisieren, scheint eine Lösung dieses Falles möglich. Dazu müssen Schreiber und eine alte Liebe aber erst durch eine wahre Hölle gehen.

Mit Wortwitz wird der Leser durch das Geschehen geführt, ohne dennoch auf den erwarteten Grusel verzichten zu müssen. Nach der Lektüre wird man die kleinen Orte und Wälder rund um das sauerländische Winterberg mit ganz anderen Augen sehen. Nichts wird mehr so sein wie vorher.

ISBN 978-3741275203

Als Taschenbuch und Ebook in allen Buchhandlungen und Online-Shops.

Inhalt

Täglich gibt es in Deutschland etwa vierzig Fälle von Kindesmissbrauch. Die Dunkelziffer ist jedoch höher, denn viele Opfer und ihre Angehörigen schweigen, aus Scham, aus Angst. Heilt die Zeit diese Wunden? Kann der Mensch erlittenes Leid vergessen? Tina muss sehr bitter erfahren, was es bedeutet, wenn Gespenster der Vergangenheit lebendig werden. Wohlbehütet aufgewachsen, begegnen ihr plötzlich Grausamkeiten, die sie sich nie hätte vorstellen können. Die Gräueltaten eines Sexualtäters verknüpfen sich unaufhaltsam mit dem Schicksal ihrer Familie.

Ein Thriller, der nicht loslässt. Er nimmt den Leser mit in eine Welt, die direkt neben uns existiert. Eine Welt, mit der viele Menschen selbst Erfahrungen sammeln mussten und es aus unterschiedlichsten Gründen totschweigen.

Der Autor möchte mit seiner Geschichte nachdenklich machen und zu Diskussionen anregen. Gibt es hier nur Schwarz und Weiß, nur Gut und Böse? Eine Geschichte, frei erfunden, doch grausam nah an der Realität.

ISBN 978-3741226458

Als Taschenbuch und Ebook in Online-Shops und im Buchhandel

Inhalt:

Als Nicole Manfred Kirchner begegnet, glaubt sie, den Richtigen für ein bleibendes Glück gefunden zu haben. Als das Monster die Maske fallen lässt, ist es schon zu spät. Nicole muss einen sehr hohen Preis bezahlen: Sexueller Missbrauch, grausame Misshandlung und kriminelle Machenschaften treiben Nicole fast in den Freitod.

Ihr Weg kreuzt den eines älteren Mannes. Nun erfährt sie, dass es auch Menschen gibt, die Hilfsbereitschaft und Freundschaft über ihre eigene Sehnsucht nach Liebe stellen. Doch Manfred Kirchner ist nicht der Mann, der sein Opfer so schnell aus den Klauen lässt. Das Schicksal treibt ein makabres Spiel und zwingt zwei Menschen an die Grenze des Zumutbaren.

Wird Nicole sich befreien können? Erkennt sie das wahre Glück und greift danach? Kennt das Glück wirklich kein Erbarmen?

Der Autor lässt den Leser wie schon in seinen beiden vorangegangenen Romanen tief in die dunklen Seiten des menschlichen Zusammenlebens eintauchen und bietet viel Stoff für Diskussionen.

ISBN 978-3741299056

Als Taschenbuch und Ebook in allen Buchhandlungen und Online-Shops.

Inhalt:

Alfred Reimann, dreiunddreißig, Single, gut aussehend, Jungfrau.
Bis heute lief das Leben des liebenswerten Finanzbeamten und seiner Teddy-
dame Bienchen in geordneten Bahnen. Noch weiß er nicht, dass sich dieser
Zustand mit dem Einzug der süßen Nachbarin Verena ändern wird. Ein glücklicher Umstand führt sie zusammen.
Seine Mutter ist davon alles andere als begeistert, denn in ihren Augen wollen
junge Frauen wie Verena nur das Eine. Und dieses Chaos wird sie zu verhindern
wissen!
Mithilfe von Verena und dem kauzigen Pfarrer Hollerberg stolpert Alfred in das
eine oder andere Abenteuer. Ob er auf den Reisen sein Glück findet, bleibt abzu-
warten ... Ein rasanter Liebesroman mit dem gewissen Schmunzelfaktor.